AF198775

Nie der einfache Weg

*****

Jürgen Rupprecht

Herstellung und Verlag:
BoD - Books on Demand, Norderstedt
ISBN 978-3-7494-5501-0

Lektor: Simone Kurilla

Cover: Jürgen Rupprecht

Prolog

Dezember 1982. Thomas war wild entschlossen, die Sache selbst in die Hand zu nehmen, wenn sein toller Stiefvater, der geniale Superpolizist, schon nichts gegen diese Bande unternehmen wollte. Er wusste, dass sie heute alle Holgers Geburtstag in der Grillhütte feiern würden, vor der er so oft mit Laura gesessen und den Sonnenuntergang über der Triefels beobachtet hatte. Es war der schönste Platz auf Gottes Erden, eingebettet in die bewaldeten Pfälzer Berge, mit freier Sicht übers Tal und auf die noch fast völlig erhaltene Hauptburg der Staufer. Sein Plan war einfach, er würde warten, bis alle betrunken waren, die Tür verrammeln und die Holzhütte dann anzünden. Da er noch Zeit hatte, ging er zum Grab seiner Mutter. Wie hatte sie nur diesen Feigling heiraten können, der ihn jetzt so in Stich ließ. Thomas schaute auf die Uhr. Es war erst später Nachmittag, aber es wurde schon dunkel. War es heute überhaupt hell geworden? Er fuhr zu seiner Freundin Laura. Seit der Vergewaltigung wich sie seinen Umarmungen aus. Sie reagierte nicht mehr auf das, wenn er zu ihr sprach. Die, die ihr das angetan hatten, würden heute Nacht bezahlen, aber würde das ihre Beziehung retten? Um 22 Uhr küsste er Laura zum Abschied und spürte, wie sie vor ihm zurückzuckte. Thomas hatte Tränen in den Augen, als er wenig später mit seinem Auto, einem VW Käfer, die enge Bergstraße zur Grillhütte hinauf fuhr. Durch die gespenstisch dunklen Bäume schimmerten die entfernten Lichter von Anweiler herauf. Die schwachen Scheinwerfer seines Käfers beleuchteten nur die Bäume, die unmittelbar vor ihm in seinem Sichtfeld auftauchten. Weil sein Auto nicht gerade leise war, stellte er es fast einen Kilometer vor seinem Ziel in einem Waldweg ab. Er öffnete den Kofferraum und nahm den Benzinkanister, den er am Vormittag gefüllt hatte. Er war extra zu einer Tankstelle in Landau gefahren, damit, falls die Polizei Ermittlungen aufnehmen würde, er es ihnen nicht all zu leicht machte. Insgeheim hoffte er, dass sein toller Stiefvater, dieser große Kriminologe, die Ermittlungen leiten würde. Dann hätte er nichts zu befürchten, was aber nicht an den familiären Banden lag, die sie verbanden. Thomas lief den Rest der Stecke zu Fuß. Im Schutz der Bäume beobachtete er die Grillhütte. Wie er vermutet hatte, waren die Partygäste vor der Kälte in den Innenraum geflüchtet und feierten jetzt dort weiter. Aus der Hütte drang laute Musik, der neue Song von Falko: „Der Kommisar" dröhnte durch die nächtliche Stille. Thomas fand das Lied passend, er nahm seinen Benzinkanister und schlich, so dass man ihn von den Fenstern aus nicht sehen konnte, zur Holzhütte. Mit einem Stamm verkeilte er die Tür und goss dann das Benzin an die Holzwände. Die Eisengitter vor den Fenstern, die nach einigen Einbrüchen angebracht worden waren, machten die Feuerfalle perfekt. Er nahm sein Feuerzeug aus der Jackentasche - er zitterte vor Kälte - erst nach drei Versuchen gelang es ihm, eine kleine Flamme zu entzünden. Er beugte sich zur Wand, es waren nur noch Zentimeter, da spürte er einen unmenschlichen Schlag am Hinterkopf. Augenblicklich wurde alles um ihn schwarz, bewusstlos sank er zu Boden. Als er wieder zu sich kam, lag er auf dem Tisch in der Hütte. Er brauchte etwas Zeit, um zu realisieren, was passiert war. Um ihn herum stand die verhasste Bande. Er lag auf dem Rücken, Arme und Beine waren gefesselt, und er konnte sich nicht bewegen. Einer schrie: „Schaut, das Schwein ist aufgewacht!" Thomas glaubte, die Stimme von Holger erkannt zu haben, dann beugte Marco sich in sein Sichtfeld. Er schwang triumphierend sein Jagdmesser vor Thomas' Gesicht. „Du wolltest uns also anzünden?" zischte er und sein Gesichtsausdruck zeigte Hass und Abscheu. Im selben Moment spürte Thomas einen Schlag in den Unterleib, der ihm die Luft raubte. Als er wieder Luft bekam, sah er voller Panik, wie Marco die Spitze seines Jagdmessers nur Millimeter von seinem Augapfel entfernt hielt: „Schlag noch mal zu, mal sehen, ob er zuckt!", forderte Marco einen der Jungs auf. Wieder raubte der Schlag Thomas die Luft, aber mit aller Willenskraft drückte er seinen Kopf an die Tischplatte. Dann sagte Marco: „Ich muss was mit Holger besprechen, amüsiert euch gut mit dem Schwein." Die Jungs schlugen wie von Sinnen auf ihr wehrloses Opfer ein. Das Letzte, was Thomas hörte, war die Melodie zu: „Ein bisschen Frieden", der deutsche Song, der im Sommer den Grand Prix gewonnen hatte. Marco und Holger brauchten nicht lange, um zu dem unvorsichtig in einem Waldweg abgestellten Auto ihres Opfers zu gelangen. Dankbarerweise hatte Thomas seinen Käfer nur wenige Meter in den Seitenweg gefahren. Holger gab Marco den Autoschlüssel, den er Thomas aus der Hosentasche genommen hatte. Es war ein glücklicher Zufall gewesen, dass er noch einmal schnell in den Ort gefahren war, weil er zu wenig Bier mitgebracht hatte. Aufgefallen waren ihm zuerst nur die

Reflexionen der Rücklichter. Als er dann den Käfer gesehen hatte, wusste er sofort, dass Gefahr drohte. Er hatte seinen Wagen abgestellt und war den Rest der Strecke zurückgelaufen; sicher wäre fahren schneller gewesen, doch nur so hatte er den Überraschungsmoment auf seiner Seite. Bei der Hütte angekommen, hatte er gesehen, wie Thomas mit dem Benzinkanister ums Haus schlich. Gerade noch rechtzeitig - Thomas hielt schon das brennende Feuerzeug in der Hand - konnte er ihn niederschlagen. Nun Marco fuhr den Käfer, Holger folgte mit seinem Opel Kadett. Als sie wieder zurück in der Hütte waren, steckte Marco dem besinnungslos geprügelten Thomas einen Schlauch in den Hals und füllte fast einen Liter Schnaps in sein bewusstloses Opfer. Der Schluckreflex mag manchmal hilfreich sein, in diesem speziellen Fall aber war er tödlich. Dann schleiften sie Thomas zum Opel und warfen ihn in den Kofferraum. Mit beiden Fahrzeugen fuhren sie durch den Ort auf die Bundesstraße. Ihr Ziel war kurz vor Pirmasens. Mit vereinten Kräften hievten sie den leblosen Thomas hinter das Steuer seines Käfers. Lachend schoben sie den Wagen über den Rand der vierzig Meter hohen Bücke, die das Tal der Queich überspannte. Frohgelaunt fuhren sie im Kadett zurück und feierten weiter, als wäre nie etwas geschehen.

I

23. Dezember 2009. Pfarrerin Keller hatte alle Vorbereitungen für die bevorstehende Generalprobe des örtlichen Kirchenchors getroffen. Gemächlichen Schrittes ging sie durch die Bankreihen, schaute aufmerksam nach rechts und links, ob die Putzfrau in der Eile nicht etwas übersehen hatte, um dann die große Eichentür aufzuschließen. Es war 9 Uhr, genug Zeit, ihre Sutane anzuziehen und vielleicht noch einen Kaffee im Pfarrhaus zu trinken. Sie war gerade an der Tür angekommen, als sie ein Geräusch hörte, das sie innehalten ließ. Langsam drehte sie sich um und versuchte in dem düsteren Raum etwas zu erkennen, aber da war nichts. Sie wollte es gerade als Hirngespinst abtun und sich dem Türschloss widmen, als sie das Geräusch schon wieder hörte. Sie wusste nicht, was es war, sie konnte es nicht zuordnen, aber jetzt war es näher gekommen und klang lauter. Ihre Blicke huschten über die Bänke zum Altar, nur da war nichts: „Ist da jemand?“, rief sie. Doch sie bekam keine Antwort. Sie nahm all ihren Mut zusammen und fragte nun lauter: „Ist da jemand?“ Zwei, drei Sekunden hörte sie nichts, dann einen ohrenbetäubenden Schlag. Über ihr auf der Empore war jemand. Sie rannte los, zwischen den Bänken, sie wollte zum Hinterausgang. Doch gerade als sie die vorderen Reihen passiert hatte, spürte sie einen Schlag am Hinterkopf, ihre Beine versagten den Dienst, sie stolperte und alles um sie herum wurde schwarz. Als sie aus ihrer Benommenheit erwachte, bemerkte sie zuerst den Strick um ihren Hals, sie saß auf etwas Hartem und ihr Rücken lehnte an kaltem Stein. Dann zog jemand

an ihren Beinen, sie rutschte von ihrer Sitzunterlage und das Seil um ihren Hals zog sich erbarmungslos zu. Verzweifelt wand sie sich im Todeskampf, um Luft zu bekommen, doch der Angreifer war zu stark. Wie ein Schraubstock hielt er sie fest. Das letzte, was die Geistliche im Diesseits sah, war das Kreuz über ihrem Altar.

Langsam trafen die letzten Mitglieder des Kirchenchors auf dem kleinen Platz vor der evangelischen Kirche in Leinsweiler ein. Es war ein schmuckes kleines Gotteshaus, wunderschön in den Hang gebaut. Ungewöhnlich an dem Sandsteinbau war, dass der Turm gotisch, der Rest des Gebäudes aber in romanischem Stil erbaut worden war. Es schneite leicht und der Boden war schon vollständig mit Schnee bedeckt. An diesem 23. Dezember sah es so aus, als würde es seit langem die ersten weißen Weihnachten geben. Die Probe des Chors war um 10 Uhr von der Pastorin angesetzt worden, jetzt war es schon einige Minuten nach der vereinbarten Zeit. In dem Gotteshaus brannte Licht. Normalerweise war Pfarrerin Keller immer eine halbe Stunde vor dem Chor in der Kirche und bereitete alles vor. Hannah Mühlbauer, die Leiterin des Chors, trat an das große Portal und rüttelte hilflos am Türgriff. Die Gruppe wurde unruhig, schon bemerkte der erste: „Sie hat garantiert verschlafen" und ein anderes Mitglied: „Normal, auf Frauen muss man immer warten." Hannah hatte genug von derlei Äußerungen, sie beschloss nach der Pastorin zu schauen. Sie lief um das Gebäude zum Hintereingang, den Maria Keller nahm, wenn sie von ihrem Pfarrhaus zur Kirche ging. Zwei junge Männer, Heiko Beller und

Normen Walz, der Organist, folgten ihr. Diese Tür war jedoch auch verschlossen. Hilfesuchend sah sie in die Gesichter ihrer Begleiter und entdeckte darin die Frage, die sie sich auch stellte, warum sollte die Pastorin sich in ihrer Kirche einschließen? Dann trat Normen vor: „Die Tür klemmt öfters, lass mich mal." Entschlossen riss er an der Tür, die knarrend aufging. Durch einen keinen Ankleideraum, in dem die Sutane noch frisch gebügelt und unberührt am Hacken hing, gelangten sie hinter den Altar. Hannah schrie erschrocken auf, so dass der schrille Schrei im hellhörigen Kirchschiff schallte. Ihre Begleiter sahen fassungslos zum Altar, über dem ihre Pfarrerin mit Rock und Bluse bekleidet hing. Langsam ging Normen zu dem Leichnam. Er erschauerte, als er in roter Farbe das Wort „Schuldig" an der Wand hinter dem Altar las. Unwillkürlich wanderte sein Blick an der Geistlichen herab, bis zum im Todeskampf hochgerutschten Rock. Er erstarrte, als er erkannte, dass die Pastorin ein Mann gewesen war.

Klaus Steeger, langhaariger Harleyfahrer mit vierzig Lenzen auf dem Rücken und fast genau soviel Pfunden Übergewicht, war einer der erfolgreichsten Ermittler der Pfälzer Polizei. Er sah auf die Uhr, es war zehn Minuten nach Dienstbeginn und er saß hier alleine. Es passte ihm nicht, dass sein Freund und Vorgesetzter Sascha Weber - dieser war fast zehn Jahre jünger als er, hatte schon lichtes Haar und wog fast 120 Kilo, was bei knapp über 1,80 schon reichlich war - seit er Vater geworden war, ständig zu spät kam. Ihn nervte es, dass seine neuen Kollegen Markus Hirnmeisee und Dario Scholz ständig in seinem Büro auftauchten und Kaffee schnorrten. Das Schlimme war nicht, dass sie sich ohne zu fragen bedienten, oder dass er scheinbar alleine für die Reinigung des Kaffeevollautomaten verantwortlich schien. Auch war es kein Beinbruch, dass keiner Kaffeebohnen, Milch oder Zucker mitbrachte, nein, ihn störte, dass sie am Feierabend die schmutzigen Tassen einfach stehen ließen. Klaus sah müde auf seine noch halb gefüllte Kaffeetasse, vielleicht brauchte er auch nur einfach Urlaub; heute noch und dann hatte er von Weihnachten bis Neujahr frei. Neun Tage, in denen er bei seiner Freundin sein, an seiner Harley schrauben oder einfach nur auf dem Sofa alle Viere von sich strecken konnte. Dann fiel ihm aber ein, dass er ein Wintersporthotel gebucht hatte und seine Miene verfinsterte sich. Wie hatte er sich nur von seiner Freundin dazu breitschlagen lassen können? Er hasste Sport. Jäh wurde er aus seinen Gedanken hochgeschreckt, als Markus, ohne anzuklopfen, die Tür aufriss und zielstrebig zum Kaffeeautomaten schritt: „Morgen, Sascha noch nicht da?" grüßte ein für die Uhrzeit ungewöhnlich gut aufgelegter Markus Hirnmeise. Er war fast 50 Jahre alt, hatte silbergraues Haar und wirkte mit seinen fast zwei Metern Länge sehr schlank. Es sah fast so aus, als würden ihm seine Kollegen heimlich die Mahlzeiten wegessen. Er grinste über beide Backen und nahm eine Tasse vom Regal. „Habt ihr zu Hause keine Türen? Und klopfen, davon schon mal was gehört?", maulte Klaus. „Dario kommt noch." Auf den Vorwurf wegen des Klopfens ging Markus gar nicht erst ein. Geübt stellte er eine Tasse in den Automaten und drückte die Espressotaste auf doppelt. Es war ein Saeco Kaffeevollautomat mit integriertem Mahlwerk, einem Pumpendrucksystem, Milchaufschäumer, ein Traum. Kurz darauf ertönte das Mahlwerk, das die frischen Kaffeebohnen zu Pulver mahlte. Dario stürmte ins Zimmer, er war der jüngste Beamte im Team, Mitte zwanzig, sportlich mit dichtem schwarzem Haar. Schwungvoll setzte er sich auf Klaus' Schreibtisch und räumte ihn fast vollständig ab. „Mir auch einen Doppelten, Markus." - „Pass doch auf, wo du dich hinsetzt!", fuhr Klaus den Neuankömmling an. „Heh, Opa mach dich locker, ab morgen ist Urlaub" antwortete Dario belustigt. „Nicht für dich! Brieföffner eitern ganz schlecht wieder raus und der Kaffee im Krankenhaus soll scheiße sein, also schwinge deinen Arsch von meinem Tisch und setz dich auf einen Stuhl, wie es dir dein ständig besoffener..." - „Halt, halt!", fiel Markus ihm ins Wort: „Jetzt beruhigen wir uns wieder, morgen ist das Fest der Liebe, da brauchen wir kein Blutbad. Dario, setze dich anständig hin!" - „Keinen Sex gehabt heute Nacht?", maulte Dario, als er aufstand, um sich auf den Stuhl vor Saschas Schreibtisch zu fläzen. In diesem Moment betrat Sascha den Raum, er war in den letzten Wochen deutlich abgenommen, zumindest spannte das Hemd nicht mehr über seinem immer noch riesigen Bauch. Tiefe, schwarze Ränder unter den Augen zeigten, dass er auch in dieser Nacht kaum geschlafen hatte. Müde schleppte er sich an den Kaffeeautomaten, sein Jackett war nicht gebügelt, die lichten Haare nicht gekämmt: „Morgen. Sorry, dass ich so spät komme. Der Schnee da draußen, da ist kaum ein Durchkommen!" - „Ja, mit dem Löffelchen im Babymund vielleicht, du hast noch Brei auf dem Hemd!", antwortete Dario belustigt und freute sich diebisch darüber, dass Sascha mit seinen Händen übers Hemd strich und „Wo?" brabbelte. „Nimm dir doch Urlaub, es geht so nicht weiter. Schlaf dich mal wieder richtig aus", ermahnte Klaus seinen Freund. Er selbst hatte Sascha in den Jahren, in denen sie jetzt ein Team waren, noch nie so fertig gesehen, nicht einmal, als der Polizeiarzt sie damals zusammen in der Kantine stehen gesehen und ihnen die körperliche Eignung für den Polizeidienst abgesprochen hatte. Sie mussten drei Kilometer rennen, Sascha brach hinter der Ziellinie zusammen. Er übergab sich, bis er nur noch Galle kotzte. Doch Sascha schüttelte nur den Kopf und starrte geistesabwesend auf seine Kaffeetasse. „Schneeballschlacht?" versuchte Markus die Stimmung aufzulockern. Kurz darauf hatten sie im Hof des Präsidiums Stellung bezogen. Aus seinem Bürofenster beobachtete der Polizeichef das muntere Treiben auf dem Hof. Karl Bergmann war Ende fünfzig, hatte seine wenigen grauen Haar abrassiert, weil er glaubte, mit Glatze nicht so alt auszusehen. Er war für sein Alter wahrlich gut in Schuss. Vor einer Minute hatte er einen beunruhigenden Anruf erhalten und jetzt musste er seinen Männern den Vormittag versauen. Karl hatte sich zum Hofausgang begeben und schaute den vier Beamten zu, diese bemerkten ihn nicht einmal. Gerade sah Karl, wie Sascha zum wiederholten Male seinen Schneeball völlig verzog und sein Ziel um Meter verfehlte. Bergmann trat aus der Tür: „Sascha, wer so wirft, sollte es erst mal mit unbeweglichen Zielen versuchen!" Karl sah sich um und zeigte auf eine Bank, die an der Wand stand. „Sehr lustig" erwiderte Sascha missmutig. „War ein

Scherz. Wir haben einen Fall. Ihr müsst sofort nach Leinsweiler, um einen Tatort zu untersuchen. Es geht möglicherweise um einen Mord an einem Geistlichen." Karl formte einen Schneeball, ging dann zu Sascha und drückte ihm eine schmale Aktenmappe in die Hände. Im Weggehen zeigte er auf die Türklinke an der Hofeinfahrt in fast zwanzig Metern Entfernung. Sascha lachte, bis der Schneeball seines höchsten Vorgesetzten genau dort einschlug. Eine Stunde später parkten Sascha und Klaus ihren Porsche Cayenne Geländewagen vor der Kirche. Leinsweiler war ein malerisch gelegener Ort an der südlichen Weinstraße, in ein Tal gebaut und flankiert von zwei hohen Bergen. Das Dorf war umgeben von Reben, die die Hänge bis zur Waldgrenze schmückten. Über dem Dorf thronte der Slevogthof, der diesen Ort unverwechselbar machte. Doch für diese Schönheiten hatten die beiden Polizisten keinen Blick. Das Gotteshaus glich einem Ameisenhaufen. Auf der Straße parkten fünf Streifenwagen und mehrere zivile Fahrzeuge, die zweifellos auch Dienstfahrzeuge waren. Auch standen auf der Straße ein Krankenwagen und in unmittelbarer Nähe ein Leichenwagen. Langsam begaben sie sich zum Hauptportal des Gotteshaus.

Das Areal vor dem Hintereingang war mit gelbem Flatterband abgesperrt. „Was ist hier passiert?" wollte Klaus wissen. Sascha blätterte in der Akte: „Die Pastorin des Ortes ist erhängt im Altarraum gefunden worden. Das Problem ist, die Pastorin ist ein Mann." - „Was?" fragte Klaus verwirrt noch einmal nach. „Ja, das soll eindeutig sein." bestätigte Sascha seinem Freund. Das Hauptportal war verschlossen. Zielstrebig gingen die beiden

Freunde um das Gebäude, bückten sich unter dem Absperrband hindurch und gingen durch die offen stehende Tür. Durch einen kleinen Ankleideraum betraten sie das Kirchenschiff. Was ihnen sofort auffiel, war der rote Schriftzug an der hinteren Wand des Altarraums. „Schuldig" las Sascha laut. Eilig kam ein Beamter auf sie zu: „Guten Morgen, ich bin Otto Hermann, der Leiter dieser Untersuchung, ich habe Herrn Bergmann schon angerufen. Es war Selbstmord, Sie hätten sich nicht her bemühen müssen." Sascha zeigte auf den roten Schriftzug: „Wie passt das zu einem Selbstmord?" - „Das ist in der Tat seltsam, aber es gibt keine andere Möglichkeit", erklärte Otto Hermann. „Wie kommen Sie zu dieser Erkenntnis?" fragte Sascha nach. „Das ist eindeutig. Als wir hier ankamen, gab es nur Fußspuren der drei Zeugen, die das Opfer gefunden haben und die des Opfers. Der Haupteingang war verschlossen. Das Opfer war alleine im Gebäude. Das ist zweifelsfrei erwiesen" erklärte Hermann. „Gut, dann befindet sich der Täter, so es ihn gibt, noch im Gebäude" hakte Sascha unbeirrt nach. „Diese Möglichkeit haben wir natürlich abgeklärt, meine Männer haben das gesamte Gebäude durchsucht, hier war niemand." Sascha nahm das Gehörte zur Kenntnis. „Wir schauen uns mal um" erklärte Sascha und ließ Hermann stehen. Als er und Klaus außer Hörweite von Hermann waren, fragte Klaus: „Was meinst du? Klingt alles einleuchtend. War wohl wirklich Selbstmord." - „Blödsinn, dieser Pfuscher ist nur zu faul, seinen Job anständig zu erledigen. Wahrscheinlich erhofft er sich durch seine Nachlässigkeit ein ruhiges Weihnachten im Kreise seiner Familie" zischte Sascha.

Auch das machte Klaus Sorgen. Zu der offensichtlichen Übermüdung seines Freundes gesellten sich immer mehr Zorn und Gereiztheit. Das Beste, so entschied Klaus, würde es sein, mitzuspielen und Interesse vorzutäuschen: „Gut, aber wo siehst du Anhaltspunkte für einen Mord?" - „Wo ist zum Beispiel die Farbe, der Pinsel, die Leiter? Er schreibt das Wort ‚Schuldig' an die Wand. Dann räumt er alles wieder auf, bevor er sich erhängt? Hat er auch die Schuhe gewechselt? Mit diesen Absätzen war er bestimmt auf keiner Leiter." Sascha zog ein Tatortbild aus der Akte, auf dem das Opfer zu sehen war. „Das Opfer war Pfarrer und kein Maler, siehst du Farbe auf seiner Kleidung? Schau auf den Boden unter der Schrift, da sind Farbspritzer." Klaus konnte dem nicht widersprechen. Wortlos folgte er seinem Freund bei der Erkundung des Gebäudes. Er hörte noch die Anweisung Hermanns, als sie den Glockenturm hinaufstiegen. „Wir sind hier fertig" rief dieser seinen Mitarbeitern zu. Als sie vom Turm herunterkamen, war das Gebäude leer. „Gut, ich hab gesehen, was ich sehen wollte, gehen wir und berichten Karl, was hier los ist." Als sie aus dem Hinterausgang traten, schloss Sascha die Tür und versiegelte sie. „Hier geht vorerst niemand mehr rein. Klaus, holst du bitte den Fotoapparat aus dem Handschuhfach." Klaus wollte noch fragen, wozu er den jetzt nach Verlassen des Tatorts noch brauchte, zumal die Spurensicherung mit ihren professionellen Geräten sicher bessere Bilder gemacht hatte als Saschas Billiggerät. Doch er sparte sich den Kommentar. Als er zurückkam, wies Sascha ihn an, vor dem Absperrband zu warten. Klaus reichte seinem Freund die Kamera und sah verwundert zu, wie Sascha die Fußspurren im Schnee fotografierte. „Was soll das?" fragte Klaus etwas genervt: „Die Kollegen haben die Spuren fotografiert, als sie kamen, jetzt hast du nur noch die unserer Kollegen." - „Vielleicht ist das so," antwortete Sascha, ohne weiter darauf einzugehen und reichte Klaus zwei Siegel: „Haupteingang. Und lauf mal auf die Rückseite und schau, ob die Penner vielleicht eine Tür übersehen haben." Klaus tat, wie ihm geheißen wurde, fand natürlich keine Tür auf der Rückseite, keine Fußspuren. Das Einzige, was er dort fand, waren kalte und durchnässte Schuhe, weil seine Halbschuhe nicht zum Laufen im Neuschnee geeignet waren. Erleichtert stellte er aber fest, dass Sascha bereit zum Abgang war und so steigerte sich die Chance, am letzten Tag vor dem Urlaub pünktlich Feierabend machen zu können. Als sie zu Karl ins Büro kamen, entschuldigte sich ihr Boss fast schon dafür, sie nach Leinsweiler geschickt zu haben: „Dieser Hermann hätte das früher melden müssen, dass es ein Selbstmord gewesen ist." - „Das sehen wir anders. Ich habe schon am Tatort mit Klaus geklärt, dass es kein Selbstmord gewesen sein kann. Ich glaube, die Beweise rechtfertigen eine weitergehende Ermittlung", erklärte Sascha. „Lass mich aus dem Spiel!" unterbrach ihn Klaus: „Ich habe ab morgen Urlaub und wenn ich ehrlich bin, glaube ich, du verrennst dich da in etwas. Der Pfarrer war alleine und wenn der Mörder nicht fliegen kann, dann gibt es ihn auch nicht." - „Kein Sorge. Du bekommst deinen Urlaub!" beruhigte Karl ihn. „Aber, du musst mir glauben...", flehte Sascha. Karl sah zu Klaus: „Lassen Sie uns mal kurz allein reden!" Klaus nickte und verließ das Büro. „Sascha", sagte der

Polizeichef: „Der Sachverhalt, die Indizien geben es einfach nicht her, deinen Kollegen den Urlaub zu streichen. Wenn du irgendetwas Stichfestes in der Hand hättest, würde ich alle Hebel in Bewegung setzen. Aber so? Und wenn ich ehrlich bin, wenn jemand von uns Urlaub braucht, bist es du!" - „Urlaub, ja, aber nicht von meinem Job! Karl, dieses Baby bringt mich noch ins Grab. Ich kann keine Nacht mehr durchschlafen. Bitte lass mir den Fall!" Sascha sank vor seinem Chef auf die Knie: „Bitte, ich zahle das Hotel dort selbst, ich will auch keine Spesen. Ich will nur mal wieder eine Nacht schlafen!" Karl sah aus dem Fenster. Es hatte wieder zu schneien begonnen: „Ok. Aber du ziehst das alleine durch. Es wird hier niemand wegen dir seinen wohlverdienten Urlaub aufgeben. Ich werde Hermann anrufen, er soll dir für die Dauer der Ermittlung einen Partner zur Seite stellen, und halte deine Ausgaben unter Kontrolle, sonst kann es sein, dass du deinen Urlaub von der Familie wirklich aus eigener Tasche bezahlst." - „Danke. Danke." stammelte Sascha mit Tränen in den Augen. „Schon gut! Und blamiere uns dort nicht! Geh nach Hause packen, ich rufe an und sage ihnen, dass du die Ermittlung leitest." - „Könntest du auch nach Bauplänen der Kirche fragen, unterirdischen Gängen, verborgenen Räumen? Ich brauche alles, was sie über das Gemäuer haben", sagte Sascha auf dem Weg nach draußen. Karl nickte und nahm den Telefonhörer auf.

II

Sascha verlor keine Zeit. Bevor er packen konnte, hatte er noch zwei Dinge zu erledigen. Er ging in die Spurensicherung. Dort arbeitete ein Freund, den er noch aus Schultagen kannte. Ingo Holzer, ein schwergewichtiger Mann Ende dreißig, freute sich sichtlich Sascha wiederzusehen. Der Mann stand behäbig auf und musterte seinen Freund durch die dicken Gläser seiner Hornbrille: „Oh, mein Gott, was tut dir die Frau an? Du bist ja völlig abgemagert! Wir müssen unbedingt mal wieder richtig essen gehen!" begrüßte Ingo Sascha und umarmte ihn dabei so fest, dass dieser fürchtete, keine Luft mehr zu bekommen. „Du, Ingo, gerne, aber im Moment habe ich keine Zeit, ich habe einen schweren Fall zu lösen und brauche dafür deine Hilfe." Sascha holte die SD Karte aus seiner Digitalkamera: „Ich weiß, wir haben bald Weihnachten und du hast sicher Urlaub. Aber könntest du die Fotos auswerten und feststellen, ob genauso viele Personen das Gebäude betreten als auch verlassen haben?" Ingo war sichtbar stolz, dass Sascha sich an ihn gewandt hatte: „Mach ich! Du kannst dich 100 % auf mich verlassen!" Dessen war sich Sascha sicher, sein Schulfreund mochte zwar Defizite in Sachen Körperhygiene und Sport haben, aber in seinem Job war er ein Ass. Wenn jemand diesen Auftrag lösen könnte, dann er. „Ich muss los, hab Handy und Laptop dabei. Melde dich sofort, wenn du etwas gefunden hast. Meine Nummer und E-Mailadresse hast du ja." Sascha drehte sich auf der Schwelle noch einmal um: „Danke, dass du das für mich machst, ich schulde dir was. Wenn ich hiermit fertig bin, gehen wir einmal ein Bier trinken." Aus den Augenwinkeln sah er noch, wie Ingo erfreut nickte. Eilig ging Sascha zu seinem Porsche, es war halb 12 und er musste sich beeilen, um noch rechtzeitig zu seinem zweiten Verbündeten zu kommen, falls seine Ärztin mitspielen würde. Sascha befestigte das Blaulicht auf dem Dach seines Porsches und raste los. Während der Fahrt kam ihm ein weiterer Gedanke, er schaltete die Freisprecheinrichtung ein und rief Karl an. Nach zweimaligem Läuten nahm sein Vorgesetzter ab. „Bergmann", meldete Karl sich. „Karl, ich bin es, Sascha. Ich brauche dringend die Personalakte des Opfers. Die Akte seiner Krankenversicherung, seines Arztes, kurz, alles, was ihr über den Typ finden könnt." - „Sascha, ist das ein Martinshorn? Baust du schon wieder Scheiße?" - „Erkläre ich dir später, ist wichtig. Schickst du mir die Daten auf meinen Laptop?" - „Wenn du den Porsche zu Schrott fährst, reiße ich dir den Kopf ab", drohte der Polizeichef: „Ich schau, was ich machen kann, bis heute Abend hast du die Papiere." - „Danke. Ich achte dann mal wieder auf die Straße." Und damit beendete Sascha das Gespräch. Wenig später stürmte er in die Praxis und konnte gerade noch rechtzeitig von der Arzthelferin abgehalten werden, auch noch den Behandlungsraum zu stürmen. Er erklärte der Arzthelferin, dass es eilt. Doch diese verbannte ihn in das Wartezimmer. Als er hilflos da saß und auf den sich langsam bewegenden Sekundenzeiger seiner Uhr starrte, stieg die Wut in ihm hoch. Sascha versuchte sich abzulenken, er sah sich die billigen Drucke an der Wand an, dann das Regal mit Infoheften. Er zählte 34 Infohefte zu verschiedene Arten von Krebs, dann sah er wieder auf seine Uhr, es waren 2 Minuten vergangen. „Sie müssen ruhiger werden", erklärte ein gelassen aussehender Rentner am Fenster: „Wer sind Sie, Buddha?", blaffte Sascha den Alten an. Der schüttelte den Kopf und erklärte mit trauriger Stimme: „Ihr Herz wird das nicht lange mitmachen und Ihr Übergewicht, Sie müssen Ihre Ernährung umstellen." Zu Saschas völliger Verärgerung wurde der Greis auch noch vor ihm aufgerufen. Es dauerte fast 20 Minuten, bis er endlich den Behandlungsraum betreten durfte und sich der Ärztin gegenüber sah, die ihn schon als Kind behandelt hatte. Sascha hielt sich nicht lange mit der Vorrede auf: „Sie müssen meine Frau anrufen, sie soll herkommen", quasselte er drauf los. „Sascha, jetzt beruhige dich erst mal. Was ist mit deiner Frau? Gibt es Probleme mit dem Baby? Du siehst ja fürchterlich aus!" - „Nein, aber ich muss da raus. Ich halte das Ganze nicht mehr aus. Keine Nacht schlafen, ich muss weg! Ich brauche Ihre Hilfe, wenn meine Frau zuhause ist, lässt sie mich nie packen und weggehen. Sie sind für meine Gesundheit verantwortlich, Sie müssen sie herlocken, damit ich flüchten kann." Die Ärztin nickte wissend: „Völlig überarbeitet, zu viel Stress im Beruf. Sascha, ich schreib dich erst mal arbeitsunfähig und verschreibe dir ein Beruhigungsmittel. Geh nach Hause, ruhe dich ein paar Tage aus und dann sieht die Welt schon wieder viel rosiger aus." - „Nein, nicht nach Hause!" rief Sascha entsetzt und fuhr dann in fast flehendem Ton fort: „Lassen Sie mich arbeiten. Bitte! Ich brauche nur 15 Minuten, um meine Klamotten zu holen. Wenn ich den Fall gelöst habe und ein paar Nächte im Hotel durchgeschlafen habe, dann bin ich wieder fit." Die Ärztin überlegte lange, dann sagte sie mit wenig überzeugter Stimme: „Gut, aber du meldest dich nach den Feiertagen bei mir, wenn es dir dann nicht besser geht..." - „Alles, was Sie wollen, aber bitte rufen Sie meine Frau an." Sascha war erst beruhigt, als die Medizinerin in seiner Gegenwart seine Gattin angerufen und sie für den Nachmittag in die Praxis gebeten hatte. Sascha verbrachte die Zeit, bis er endlich freie Bahn hatte, damit, im Imbiss auf der gegenüberliegenden Straßenseite seiner Wohnung eine Currywurst mit Pommes zu essen. Als er noch nicht verheiratet gewesen war, hatte er hier täglich gegessen, es war eines der Dinge, die er am Eheleben vermisste. Seine Frau kochte klasse, aber nichts konnte mit richtigem Fastfood konkurrieren. Der Vorteil dieses Imbisses war auch, dass er seine Haustür im Blick hatte. Als er seine Frau das Haus verlassen sah, begab er sich in die Höhle des Löwen. Er hatte Glück, das Ablenkungsmanöver hatte funktioniert. Eilig packte er eine kleine Reisetasche und schlich sich zurück zu seinem Wagen, jetzt war er frei. Unterwegs zu seinem Einsatzort besorgte er sich eine neue Simkarte fürs Handy, er wollte bloß keine Anrufe von seiner Frau. Kurz nach drei kam er in der kleinen Polizeiwache in Leinsweiler an. Sascha ging hinein, um festzustellen, dass keiner da war. Das konnte nicht sein! Er durchsuchte jedes Zimmer, doch da war niemand. Dann hörte er die Klospülung und aus einer Tür kam ein alter Polizist Mitte 60, fast 1 Meter 80 groß, schlank und für das Alter erstaunlich durchtrainiert. Er hatte dichtes braunes Haar und durchdringende braune Augen unter dichten Brauen. Sascha vermutete, dass die Haare gefärbt waren, der Alte war gut dreißig

Jahre älter als er selbst und er hatte zu seinem Entsetzen im Spiegel schon graue Haare an seinem Haupthaar entdeckt. „Sie müssen der Kollege aus der Stadt sein. Ich bin Werner Hoffmann." Mit diesen Worten streckte der Dorfpolizist Sascha zur Begrüßung die Hand entgegen. „Hallo, Werner, ich bin Sascha Weber. Wo ist dein Vorgesetzter? Er sollte mir noch einen Kollegen zur Seite stellen." - „Ja, ich werde dich, so weit es geht, unterstützen. Ich habe keine Familie mehr und arbeite gern an Weihnachten. Alleine zuhause wird man nur depressiv", erklärte der alte Polizist: „Er wird natürlich alles tun, um die Ermittlung zu unterstützen, wenn es ein Problem gibt, meine ich", fügte Werner noch eilig hinzu. Sascha sah seinem Gegenüber tief in die Augen: „Was hat er wirklich gesagt? Ich arbeite ungern mit Kollegen, die mich anlügen." Werner zögerte, räusperte sich und stammelte dann kaum hörbar: „Der grenzdebile Dorftrottel soll mich am Arsch lecken. Wenn der meint, ich würde an den Feiertagen seinen Laufburschen spielen, ist er auf dem Holzweg, soll er sich mit dem alten Deppen rumärgern." Werner war, während er sprach, knallrot angelaufen, ergänzte dann mit etwas festerer Stimme: „ Also, mit dem alten Deppen meinte er mich!" Sascha nickte: „Gut, du bist jetzt mein Partner. Ich habe Papiere angefordert. Baupläne des Tatorts. Was ist damit?" - „Baupläne, gibt es keine. Aber unser Kirchengemeinderatsvorsitzender weiß alles über unser Gotteshaus. Ich habe ihn angerufen, er hat Zeit, wir können vorbeikommen wann immer wir wollen." Sascha nickte: „Wer hat die Leiche gefunden?" - „Das waren unsere Chorleiterin, Frau

Mühlbauer, Heiko Beller und unser Organist, ich vergesse immer seinen Namen." Der alte Polizist kratzte sich am Kopf: „Walz, Norman Walz heißt er, wieso?" - „Sind die befragt und ihre Aussagen zu Protokoll genommen worden?" fragte Sascha, obwohl er die Antwort schon wusste. „Nein, Otto meinte, das brauchte man nicht, weil jeder außer dem Trottel aus Mainz erkennen würde, dass es Selbstmord gewesen ist" Werner sah unsicher zu Sascha und fügte schnell hinzu: „Sie wollten doch, dass ich Ihnen genau wiedergebe, was Otto gesagt hat?" Sascha nickte: „Mach dir keine Sorgen, dein Otto ist ein Idiot. Wo sind die Zeugen? Haben wir wenigstens Adressen und Telefonnummern von ihnen?" - „Klar, unser Ort hat 500 Einwohner, da kennt jeder jeden." - „Gut, dann rufe sie an und bitte sie, in einer Stunde hier zu sein." Sascha ging im Raum auf und ab, während Werner die Anrufe tätigte: „In einer Stunde sind sie alle da." verkündete Werner nicht ohne Stolz, als er aufgelegt hatte. Sascha sah gelangweilt zu dem älteren Kollegen: „Gut, aber erst brauch ich ein Hotel, ich will heute Nacht ja nicht im Auto schlafen. Wo ist das beste Hotel im Ort?" - „Es gibt nur eines, aber das ist wenigstens günstig", antwortete Werner sichtlich beschämt. Der Alte erinnerte sich, als hier in den Achtzigern der Tourismus Einzug gehalten hatte, damals gab es mehr Hotelbetten als Einwohner, es sollte sogar ein Schwimmbad gebaut oder der Bach zu einen Badesee gestaut werden, alles vorbei. Werner verbannte die traurigen Gedanken aus seinem Kopf. Zusammen fuhren sie zu einem heruntergekommenen Hotel am Ortsrand. Billig traf so ziemlich auf alles in dem Haus zu, der

Besitzer war unfreundlich und die Einrichtung des winzigen Zimmers stand im Punkt schäbig nichts dem äußeren Eindruck, den das Gebäude machte, nach. Sascha stellte seinen Laptop auf den wackligen Tisch und warf seine Reisetasche auf das schmale Bett. Der Blick ins Bad war erschreckend, der Schimmel an der Decke und in den Fugen war widerlich, aber er war trotzdem glücklich. Immerhin würde er in dieser Nacht nicht von Babygeschrei geweckt werden. Auf dem Weg zum Auto rief der Hausherr ihm noch nach: „Ab zehn keine laute Musik und keinen Damenbesuch! Und Frühstück gibt es zwischen acht und neun, wer nicht da ist, hat Pech gehabt!" Sascha hätte sich am liebsten herumgedreht und ihm seine nicht jugendfreie Meinung über seine Person gesagt, aber da dieses ja das einzige Hotel im Ort war, behielt er seine Meinung für sich. So lief er weiter und sagte: „Ja, ja" und fragte Werner: „Was hat der gegen Damenbesuch, das würde die Anzahl der Gäste verdoppeln." - „Ja, das war so, im Sommer 1992..." weiter kam der Alte nicht, weil Sascha ihm unsanft ins Wort fiel: „War rein rhetorisch, ich wollte keine Antwort und die Lebensgeschichte von dem interessiert mich einen Scheiß." Auf der Fahrt zur Wache herrschte betretenes Schweigen und Sascha überlegte, ob er zu grob gewesen sei und sich entschuldigen sollte. Als Sascha und sein Kollege auf dem extra für Dienstfahrzeuge gekennzeichneten Parkplatz parkten, warteten vor dem Präsidium schon die drei einbestellten Zeugen. Übereinstimmend sagten die Zeugen aus, dass sie niemanden beim Betreten oder Verlassen des Gebäudes gesehen hatten. Sascha musste einsehen, dass sie hier nicht weiterkamen. Letztlich endete die Befragung in der übereinstimmenden Bestürzung darüber, dass Frau Pfarrer ein Mann gewesen war, und dass das einen unfassbaren Skandal darstellte. Nach einer halben Stunde hatte Sascha seine engstirnigen und durch Vorurteile voreingenommenen Zeugen so satt, dass er sie des Gebäude verwies. Beim Verlassen des Präsidiums lamentierten die Drei noch lautstark, was ihre Pastorin für eine schlimme Sünderin oder Sünder gewesen sei. „Die Leute hier kann man nicht gerade als übermäßig tolerant bezeichnen?" sagte Sascha, als endlich Ruhe im Präsidium eingekehrt war. „Man gewöhnt sich daran." erwiderte Werner grinsend: „Zumindest hatte jeder in unserem Ort, der gewusst hat, dass die Pfarrerin ein Mann gewesen ist, ein Tatmotiv ." - „Wusstest du es?" fragte Sascha scherzhaft nach. „Nein." lachte Werner. „Gut, sonst hätte ich dich nach deinem Alibi zur Tatzeit fragen müssen" erwiderte Sascha gespielt ernst. „Oh, damit sieht's schlecht aus, ich hab keines." Sascha lachte und schlug Werner freundschaftlich auf die Schulter: „Lass uns an die Arbeit gehen, fahren wir zu eurem Vorsitzenden vom Kirchengemeinderat."

Zur selben Zeit rief Martina Stein, eine mollige Dame Anfang dreißig mit modisch gefärbten rotbraunen Haaren und einer fürchterlichen Kunststoff gerahmten Brille in rosa bei der Nachrichtenredaktion ihres Fernsehsenders an. Sie hatte einen Tipp bekommen, dass in Leinsweiler ein, laut dem anonymen Anrufer, „Perverser Pfarrer Selbstmord begannen" hätte. Das konnte sie sich nicht entgehen lassen, die ganze Welt hatte dieses Jahr schreckliche Details über hohe Kirchenwürdenträger erfahren müssen, jetzt bekam sie ihr ganz eigenes Stück vom Kuchens ab. Martina arbeitete bei einem kleinen Regionalsender einer öffentlich rechtlichen Sendeanstalt. Hätte sie Modelmaße gehabt, davon war sie überzeugt, wäre sie jetzt bestimmt schon mit einer eigenen Sendung beim Hauptsender zu sehen gewesen. Jetzt stand sie zitternd vor einer winzigen Kirche und wartete, dass dieser Wichtigtuer auftauchte. Ihr Kameramann Egon, ein Fünfzigjähriger mit langem, zu einem Pferdeschwanz gebundenen schwarzen Haar, hielt es nicht einmal für nötig aus dem VW Bus auszusteigen. Vielleicht war es ihm auch kalt, er trug immer kurze Jeans und eine kurze Jeansjacke, die zu allem Elend bunt gebatikt war. Sie überlegte, ob er vielleicht nur die zwei Kleidungsstücke hatte und dass sie ihm diese gerne vom Leib reißen würde. Ihr Kameramann bekam von derlei Phantasien nichts mit, er hatte die Musik voll aufgedreht und rauchte einen Joint, es war schon der dritte. Egon wäre wohl der erste Kiffer, der für seinen Eigenbedarf in den Bau wandern würde. Immer noch in ihren Träumen versunken, bemerkte sie nicht, dass sich eine Person von hinten näherte: „Sind Sie die Frau vom Fernsehen?" schreckte sie der Unbekannte aus ihren Gedanken. Erschrocken drehte sich Martina zu dem Ankömmling um. Sie war angenehm überrascht, als sie in die tiefblauen Augen eines fast zwei Meter großen, sportlichen jungen Mannes sah. „Entschuldigen Sie, die Polizei wollte noch eine Aussage, deswegen bin ich etwas zu spät." erklärte Normen Walz. Eine halbe Stunde später rasten sie, so schnell es der alte Bulli zuließ, zurück zur Sendeanstalt, die 250 Euro, die sie aus der eigenen Tasche bezahlt hatte, waren Gold wert. Noch heute Nacht würden sie eine Sondersendung bringen.

III

Das Oberhaupt des Kirchengemeinderates war über achtzig und es dauerte einige Zeit, bis der Greis die Tür öffnete. Sascha zog seinen Dienstausweis: „Ich bin Sascha Weber, das ist mein Kollege Werner Hoffmann. Wir möchten Ihnen gerne ein paar Fragen stellen, dürfen wir reinkommen?" - „Gerne, junger Mann. Werner, du läufst ja wieder ohne Krücken. Was war denn?" - „War nicht der Rede wert, nur gezerrt.", erklärte Werner mit abwinkender Handbewegung. Der alte Mann ging vor und führte sie in ein geschmackvoll eingerichtetes Wohnzimmer. Der Hausherr setzte sich in einen bequemen Ledersessel und wies seinen Besuchern die zwei Sessel auf der anderen Seite des Eichentisches zu. Sascha sah sich um, bevor er sich setzte. Der Tisch war alt und bestimmt sehr teuer gewesen. An einer der Wände stand eine mächtige Standuhr; gemalte Bilder und aufwändig geschnitzte, mit Stuck verzierte Echtholzmöbel rundeten das Gesamtbild des Raumes ab. „Herr Weber? Werner hat mich angerufen und mir gesagt, dass Sie Fragen zu unserem Gotteshaus haben." Der alte Herr räusperte sich und fuhr dann mit fast stolzer Stimme fort: „Ich bin Heinz Mahler und seit fast dreißig Jahren im Kirchengemeinderat. Vorher war ich der ortsansässige Maurer. Ich habe nach dem Krieg die Renovierung unseres Gotteshauses durchgeführt. Was wollen Sie über das Gebäude wissen?" Der alte Herr sah auf: „Aber, wo sind meine Manieren, möchten Sie etwas trinken? Wein, einen Kaffee oder ein Schnäpschen vielleicht?" Sascha nickte: „Kaffee wäre nicht schlecht, habe die letzten Nächte nicht gut geschlafen." Zu Saschas Verwunderung sprang sein Kollege auf: „Bleib sitzen, Heinz, ich weiß ja, wo alles steht." Der alte Mann nickte nur und sah wieder zu Sascha. „Es geht um den Mord an Ihrer, ähh, Ihrem Pfarrer. Wer hat seiner Einstellung hier zugestimmt, ist keinem aufgefallen, dass er ein Mann war?" Der Kirchengemeinderat räusperte sich: „Der Einstellung zugestimmt, das war ich. Aufgefallen, dass Maria Keller Holger Keller war? Ich kannte Holger schon, als er noch ein junger Bursche war. Er hat sich in den Sommerferien immer ein paar Mark bei mir dazuverdient. Er wohnte in Anweiler. Mit dem Rad muss man nur über den Berg fahren. Mit dem Auto sind es fast 20 Kilometer." Sascha stand der Mund offen. „Sie wussten, dass er ein Mann war?" - „Ja, ich wusste, dass Maria früher ein Mann gewesen war. Wir haben darüber lange gesprochen, sie hat viel leiden müssen und hart gekämpft, daher fand ich, sie hat diese Chance verdient." - „Wusste außer Ihnen noch jemand im Dorf etwas über die frühere Identität Ihres Pfarrers?" Der alte Herr schüttelte verneinend den Kopf. „Er war nicht von hier. Wie ich schon sagte, er kam früher immer mit dem Fahrrad von Anweiler hierher. Ein Junge, der bei mir Steine und Bretter trug, ist niemandem aufgefallen. Schon gar nicht so, dass man ihn dreißig Jahre später als Frau wiedererkannt hätte." Sascha nickte: „Wenn Sie lange mit ihm gesprochen haben, hat er sich je darüber geäußert, dass er Angst hat? Wurde er bedroht, gab es Anfeindungen?" - „Nein, aber da sollten Sie seine Ehefrau fragen, Nicole Keller. Sie lebt immer noch in der Gemeinde, die Maria zuletzt betreut hat." Sascha war jetzt völlig perplex: „Was, er war verheiratet? Geht das?" - „Klar, Maria hat sie davor geheiratet, als sie noch „ein Mann war". Nach allem, was ich weiß, wollten sie zusammen bleiben. Aber das alles habe ich mit unseren Personalunterlagen an Ihren Vorgesetzten gefaxt." erklärte Herr Mahler. „Gut, können Sie mir sagen, ob Maria Keller Feinde hatte?" Werner betrat das Zimmer, in der Hand jonglierte er ein Tablett mit drei Tassen dampfendem Kaffee: „Also, ich konnte sie nicht leiden! Rechthaberisch, arrogant und allwissend." Sascha drehte sich zu seinem Kollegen um: „Du hast immer noch kein gutes Alibi für die Tatzeit." - „Leider nicht. Lag noch im Bett. Alleine. Soll ich meinen Anwalt anrufen?" antwortete Werner mit gespielter Betroffenheit. Sascha wendete sich wieder Mahler zu: „Gut, gab es noch andere Personen außer meinem Kollegen, die etwas gegen das Opfer hatten?" - „Alle männlichen Gemeindemitglieder über 60, und einige jüngere, die auch gegen weibliche Geistliche waren", erklärte der alte Mann ruhig und nahm einen Schluck Kaffee. „Ok, um die Alibis der in Frage kommenden Herren kümmern wir uns später, was ich wissen wollte: Gibt es einen Eingang, den wir nicht kennen? Hätte jemand das Gebäude betreten oder verlassen können, ohne einen der uns bekannten Eingänge benutzen zu müssen?" Der alte Herr überlegte kurz, dann nickte er: „Es gibt einen unterirdischen Gang. Der geht unter dem Treppenaufgang zum Turm, ungefähr 500 Meter aus dem Gebäude, in nördlicher Richtung. Aber der ist versperrt, wir haben damals fünf Mann gebraucht, um den Sandstein von der Stelle zur Seite zu schieben, damit er den Eingang freigibt. Der Stein ist wieder an seinem

Platz, der Eingang ist blockiert." - „Trotzdem will ich mir das ansehen." sagte Sascha, dessen Interesse geweckt war. „Gut, dann fahren wir zur Kirche," erklärte der alte Herr und stand auf. Während Sascha zu seinem Dienstwagen ging, lief Mahler zu seiner Garage, die an sein Haus angrenzte. Er holte Gurte und einen Flaschenzug heraus. Werner eilte dem alten Herren zu Hilfe und trug alles zum Porsche. Sascha war zwar nicht begeistert, die dreckigen Utensilien zu transportieren, wollte aber auch nicht zugeben, dass er keine Ahnung hatte, wozu das ganze Zeug zu gebrauchen sei. Daher hielt er lieber den Mund. Wenig später standen sie vor dem Hintereingang des Gotteshauses. Es war inzwischen dunkel geworden, so dass Heinz Mahler Schwierigkeiten hatte, das Schlüsselloch zu finden. Sie gingen in den Turm und Sascha sah den riesigen Sandsteinquader, der scheinbar unbeweglich unter der Wendeltreppe stand. Er war mindestens einen Kubikmeter groß. Mit aller Kraft warf sich Sascha gegen den Quader und drückte: „Kommt, helft mir!" Mahler sah sich das Schauspiel an und schüttelte ungläubig den Kopf. „Lass mich mal, das ist ein Job fürs Gehirn, nicht für die Oberarme." Der Alte Herr befestigte Gurte um den Steinblock und an der Wand und fing langsam an, den Stein mit dem Flaschenzug vom Platz zu bewegen. Fassungslos sah Sascha, wie sich nach lautem Krachen der Stein löste. Sich unter größter Anstrengung schleifend der tonnenschwere Quader von seinen Platz bewegte und die Sicht auf ein tiefes, schwarzes Loch freigab. Er beugte sich vor und sah ungläubig ins schwarze Nichts: „Hat jemand eine Taschenlampe?" - „Du willst da doch nicht etwa rein, ich habe Platzangst!" protestierte Werner. „Aber sicher, ich muss wissen, ob der Gang frei ist und in letzter Zeit benutzt wurde." erklärte Sascha. „Werner, hole bitte die Taschenlampe aus dem kleinen Schrank im Umkleideraum. Ich komme mit Ihnen." beruhigte Mahler die Gemüter. Wenig später kam Werner mit der Lampe. Sascha leuchtete in die Öffnung und zu seiner Erleichterung sah er ca. einen Meter unter sich den Boden des Ganges. Sascha setzte sich und ließ sich ins Loch gleiten. Dann half er Mahler herunter. Ein eisiger Luftzug kam ihnen durch den Gang entgegen. „Zumindest ist er nicht eingestürzt", verkündete der alte Herr erleichtert. Sascha ging voran, der Gang war nur knapp höher als einen Meter, immer wieder ragten Wurzeln in den Gang. An einigen Stellen waren Steine aus der Decke gebrochen und Erdreich war nachgerutscht. Der Gang wurde enger und schon bald mussten sie auf dem Bauch weiterkriechen. Sascha befürchtete sogar, stecken zu bleiben; doch erleichtert stellte er fest, dass der Durchgang breiter wurde. Während er auf Knien weiter krabbelte, hörte er Steine und Sand rieseln. Regungslos vor Schreck hielt er die Luft an. Dann wurde es laut, der Tunnel stürzte mit lautem Getöse ein, doch wie durch ein Wunder blieb Sascha unverletzt: „Glück gehabt." wandte er sich an Heinz. „Fast", antwortete der Alte mit erstickender Stimme. Sascha sah, wie der Oberkörper seines Begleiters unter Geröll und Schutt begraben war und der Druck Heinz die Luft nahm. Sascha begann mit bloßen Händen zu graben, er überhörte, wie der Kirchengemeinderat protestierte: „Du musst hier raus, der Tunnel ist nicht mehr sicher." Als er Arme und Schultern freigelegt hatte und richtig zugreifen konnte, zog er den hilflosen, feststeckenden Greis Zentimeter für Zentimeter aus dem Schutthaufen und befreite ihn so aus seinem kalten Grab. Heinz' Glieder waren etwas steif und der Schreck war ihm ins Gesicht geschrieben, aber ansonsten war er unverletzt. So schnell sie konnten, bewegten sie sich auf allen Vieren weiter. Die zwei Männer brauchten fast eine halbe Stunde für die noch verbleibenden 300 Meter, dann traten sie zwischen zwei Steinen ins Freie. „Vorsicht!" rief Mahler, „Wir sind in der Felswand." Vorsichtig machte Sascha einen Schritt nach vorne und konnte jetzt über die Felskante gut 15 Meter in die Tiefe sehen. „Hier kam keiner durch", folgerte Sascha frustriert. „Zweifellos, den Stein kann man nur im Turm, wenn man in der Kirche ist, bewegen. Aus dem Gang fehlt der Hebel, um ihn wegzudrücken. Es geht einfach nicht.", erklärte Mahler. „Warum haben Sie das nicht schon in der Kirche gesagt?" - „Ich bin 89 Jahre alt und wollte noch einmal was richtig Verrücktes tun. Danke, Herr Weber, ich habe mich schon lange nicht mehr so jung gefühlt." Sascha sah dem alten Herrn tief in die Augen: „Schneid hast du!" Sie mussten fast eine Stunde warten, bis Heinz per Handy einen Bauern dazu gebracht hatte, sie mit einem Traktor und einem dicken Seil aus der Wand zu ziehen. Der fuhr sie auch zurück zum Gotteshaus, wo Werner immer noch wie gebannt in das schwarze Loch starrte. Kurz vor acht Uhr verließen sie das Kirche. Zu dritt gingen sie in Werners Stammkneipe, tranken ein Bier und aßen hausgemachte Wurst. Aus den Augenwinkeln sah Sascha in dem an der Wand hängenden TV ein Bild seines

Mordopfers, dann eine übergewichtige Moderatorin mit einer fürchterlichen rosa Brille. Sascha rief dem Wirt zu, er solle den Fernseher lauter machen und so hörten sie fassungslos, was da im Fernsehen live kam: „Wieder ein Skandal in Kirchenkreisen. Wieder mal sind die kleinsten die Opfer. Unschuldige Kinder, die diesem Perversen im Schulunterricht hilflos ausgeliefert waren. Es lässt sich nur vermuten, was Pfarrer Keller zum Selbstmord trieb, zuverlässigen Quellen zufolge war die Staatsanwaltschaft schon hinter ihm her. Auch der immer größer gewordene öffentliche Druck nach den Missbrauchsfällen in katholischen Schulen könnte der Auslöser gewesen sein. Wurden auch bei den Protestanten perverse Geistliche gedeckt, als ihre kranken Machenschaften aufzufliegen drohten? Wurde Pfarrer Keller, eine gefährliche Zeitbombe, einfach aufs Land versetzt, um unangenehmen Fragen aus dem Weg zu gehen?" Es wurde eine Kirche gezeigt, vor der gut ein Dutzend wütender Männer und Frauen mit Tranparenten standen. Sascha wandte sich seinen Begleitern zu: „Das wird Ärger geben." Auf dem kurzen Weg ins Hotel versuchte Sascha seinen Polizeichef zu erreichen, aber es sprang nur der Anrufbeantworter an. Kurz vor 22 Uhr saß Sascha in seinem Hotelzimmer vor seinem Laptop und las seine Mails. Ihm stach sofort die E-Mail seines Freundes Ingo ins Auge. Sascha rief sofort bei ihm an. „Ingo, ich bin es, Sascha. Was hast du herausbekommen?" Er ließ Ingo gar nicht erst zu Wort kommen. „Ich bin mir fast sicher, dass ich einen Fußabdruck gefunden habe, der nur aus dem Gebäude herauskommt. Ich werde ihn vergrößern und dir schicken. Morgen hast du ihn in deinem Mail Postfach", erklärte Ingo. „Bist du dir sicher?" fragte Sascha, der sein Glück kaum fassen konnte. „Ich habe es zweimal geprüft und einen Kollegen gegenprüfen lassen." sagte Ingo und fragte dann: „Noch was, Was ist mit deinem Handy? Versuche dich seit Stunden zu erreichen." - „Später mein Freund, ist eine lange Geschichte", antwortete Sascha schlapp und verabschiedete sich. Nach einem Bier und einer Zigarette legte sich Sascha völlig übermüdet ins Bett.

IV

Juni 1980. Für Mark, einen schmächtigen sechzehnjährigen Jungen mit gelockten, rötlichen Haaren und Sommersprossen, war es der erste Schultag auf dem örtlichen Gymnasium in Anweiler. Schüchtern besah er sich seine neuen Klassenkameraden, er hatte Angst, wusste aber, dass er dies nicht zeigen durfte. In Altensteig, wo er bis vor Kurzem gelebt hatte, war alles viel einfacher gewesen. Er hatte seine Freunde, er war akzeptiert und im Dorffußballverein war er der gesetzte Stürmer. Jetzt war er hier, insgeheim verfluchte er seine Eltern. Warum hatten sie sich nur scheiden lassen? Warum hatte seine Mutter unbedingt in dieser abgelegenen Pfälzer Kleinstadt einen Job annehmen und ihn und seine kleine Schwester hierher verbannen müssen? Hier würden sie immer Außenseiter bleiben. Das merkte man schon, wenn man morgens zum Bäcker ging, die feindseligen Blicke, das Getuschel hinter seinem Rücken. Er hatte in den vier Stunden, die er jetzt in der Schule alleine an seinem Tisch saß, mit keinem mehr als Floskeln ausgetauscht, aber ihre Mienen, wenn sich seine Blicke mit den ihren kreuzten, sprachen Bände. ‚Komm mir bloß nicht zu nahe, Fremder.' Was Mark in den wenigen Stunden aufgefallen war, dass es klare Strukturen in der Klasse gab und eine Gruppe, die sich von allen anderen absonderte und vor der anscheinend alle Angst hatten. In den darauf folgenden Tagen wurden die Anfeindungen offensichtlicher, wie spürte er, wie ihn zufällig ein Ellenbogen im Rücken traf und er fiel die Treppen herunter. An der Tafel und den Wänden stand unverblümt, was man von ihm hielt. Er hatte versucht wieder Fußball zu spielen, aber da waren auch die fünf Jungs aus seiner Klasse dabei. Auf dem Platz hatten sie ihm übel zugesetzt, ohne dass es den Trainer auch nur im Geringsten gestört hatte. Unter der Dusche war er dann plötzlich alleine mit Thomas, dem Muskelprotz der Clique. Mit einem Wurf schleuderte Thomas ihn an die Wand und drückte seinen Unterarm so stark an seinen Hals, dass Mark keine Luft mehr bekam: „Wir wollen dich hier nicht, du Arsch!" zischte er hasserfüllt. Mark sah nur eine Chance: mit voller Wucht zog er sein Knie hoch und traf seinen Angreifer in den Weichteilen. Mit einem Schmerzensschrei ließ dieser von ihm ab. Mark flüchtete direkt in die Arme von Thomas' Kumpanen und landete im Krankenhaus. Ein Milzriss, gebrochener Kiefer und kaputte Nase waren die Erinnerungen, die er von diesem Abend zurückbehalten würde. Als er aus dem Krankenhaus zurück kam, wurde er geächtet. Die Gruppe sah ihn als vogelfrei und keiner der anderen traute sich, auch nur ein Wort mit ihm zu wechseln, aus Angst mit ihm in Verbindung gebracht zu werden und vor Vergeltung für diesen Ungehorsam. Es gab eine Anhörung, in der sich Thomas, Holger, Peter und Heiko gegenseitig deckten und ihn als Angreifer darstellten. Der Anführer selbst, Marco, bekam ein Alibi von seiner Freundin Tanja und war ihr zufolge gar nicht in der Umkleidekabine gewesen. Mark sah in den Hofpausen zufrieden zu, wie sich seine Schwester offensichtlich in ihrer Klasse gut eingelebt hatte; sie war umringt von Gleichaltrigen und hatte Spaß. Für ihn war es die Hölle, er konnte nichts liegen lassen, weil es zerstört wurde. Er musste immer als erster aus der

Klasse flüchten, damit ihn die Clique nicht in die Finger bekam und er hatte Angst vor einsamen Orten oder Wegen. Er hatte wieder angefangen ins Bett zu nässen, aber keiner bemerkte, was mit ihm los war.

Am 23. Dezember 2010 saß der Rächer, wie er sich selbst nannte, in einer heruntergekommenen 4 Zimmer Wohnung im Anweiler Bahnhofsviertel. In dieser Nachbarschaft hatte fast keiner einen Job. Die Hauswände der umliegenden Gebäude waren schmutzig und brauchten dringend einen neuen Anstrich. An den wenigen nicht zerbrochenen Fenstern gab es keine Vorhänge. Das Schlimmste in der Straße war der Gestank und die Einwegspritzen, die überall herumlagen. Im Haus des Rächers wohnte seit Jahren keiner mehr, nachdem vor 28 Jahren zwei junge Menschen so grausam in diesem Anwesen ums Leben gekommen waren. Die Fenster waren mit schwarzem Stoff abgehängt, die im Erdgeschoss mit Brettern vernagelt. In den Räumen roch es vermodert, die Natur hatte in den Jahrzehnten, in dem das Haus leer gestanden hatte, dem Dach böse zugesetzt und Wasser drang in das alte Gemäuer ein. Die Leute, die einmal hier gewohnt hatten, legten wohl keinen großen Wert auf ihren Besitz, die Zimmer waren zum größten Teil möbliert, auf den Tischen lagen noch alte Zeitungen oder Post. Ans Stromnetz war das Gebäude noch angeschlossen, Telefon und Heizung gab es aber nicht mehr. Der Rächer hatte einen Kohleofen in seinen Lieblingsraum gestellt, dort, wo vor fast drei Jahrzehnten das Schicksal dieses Hauses besiegelt worden war. Der hier fast greifbare Geruch von Tod inspirierte ihn. Zufrieden öffnete er die

Fotos auf seinem Laptop. Er bekam einen Ständer, als er sich die Bilder von Holger ansah, der in Frauenkleidern vor seinem Altar hing. Schade, dass er bewusstlos war, als er starb. Dann dachte er an Thomas, der erste, der ihm seine Schuld eingestanden und dafür bezahlt hatte. Lustvoll rieb er sich bei dem Gedanken sein erigiertes Glied, wie der gewinselt und gebettelt hatte, als er erkannte, dass seine letzte Stunde geschlagen hat. Zufrieden nahm er das Gruppenfoto, das er dem ersten Opfer, Thomas, aus dessen Geldbörse entwendet hatte. Dieser Idiot hatte sein Gewissen erleichtern wollen. Zumindest hatten ihn seine Erinnerung und seine Schuld in die Medikamentensucht getrieben. Er nahm seinen Kugelschreiber und kritzelte so lang über das Gesicht von Holger, bis dieses unkenntlich geworden war, dann erst klang seine Erektion ab. Auf dem Bild waren noch zwei weitere Gesichter, Marco und seine damalige Freundin Tanja. Tanja hatte er schon lange gefunden, bei Marco war das schwieriger. Ihm war bewusst, dass seine Rache noch vor wenigen Jahren unmöglich gewesen wäre. Doch dank Internet konnte er seinen Rachezug planen und ausführen. Marco März war trotz Google und Sozialer Netzwerke nicht auffindbar. Das machte ihm aber wenig Sorgen, viel mehr beschäftigte ihn, dass die Polizei jetzt wegen Mordes ermittelte. Bei den drei ersten Morden war alles glatt gegangen, aber wer sollte auch drei Selbstmorde bei der räumlichen Trennung miteinander in Verbindung bringen? Für Heiko, der schon vor 25 Jahren nach Australien ausgewandert war, hatte er sogar die sehr anstrengende Reise auf den Fünften Kontinent auf sich genommen. Erschwerend kam hinzu, dass die Verbindung der Opfer dreißig Jahre zurücklag. Er verwarf den Gedanken, die Polizei könne seine Rache verhindern, er hatte ja auch noch einen Trumpf im Ärmel.

V

Seit Stunden war die Gedächtniskirche in Speyer fest im Griff
von wütenden und zum Teil gewaltbereiten Demonstranten.
Schon am frühen Abend waren alle aus dem Gotteshaus evakuiert
worden. Einzig Pfarrer Dieter Janson hielt noch in der belagerten
Kirche Wache. Der Pastor war für die Würde dieses Amtes recht
jung, gerade mal 46 Jahre alt und unter seinem Talar verbarg er
den größten Bauch der evangelischen Landeskirche. Seine Freunde
nannten ihn auch liebevoll Pfarrer Hamsterbäckchen. Dieter ging
seit Stunden in dem menschenleeren Kirchenschiff auf und ab und
rauchte eine Zigarette nach der anderen. Er lauschte den immer
wütender werdenden Sprechchören vor den dicken Eichenportalen.
Dieter drückte nervös eine Zigarette im Aschenbecher auf dem
Altar aus und zündete sich im nächsten Moment eine neue an. Er
redete sich ein, dass dieses Gotteshaus wohl das sicherste Gebäude
in der ganzen Stadt sei. Es war erst 1904 erbaut worden, eine große
wehrhafte Kirche im Stil der Wiener Neugothik mit einem fast
100 Meter hohen Turm, der höchste aller Pfälzer Kirchen, hier war
er sicher. Irgendetwas durchschlug eines der 36 kunstvoll
gestalteten Fensterbilder. Dieter legte achtlos seine Zigarette auf
den Aschenbecher und ging zu dem beschädigten Fenster. Er
bemerkte nicht, wie die Kippe herunterfiel und auf der Tischdecke
weiter glühte. Pfarrer Janson nahm eine weitere Zigarette aus der
Schachtel und beschloss, sich die Lage vor dem Gotteshaus
genauer anzuschauen, dazu musste er auf den Turm klettern. Dort
oben konnte er gefahrlos das Treiben unten beobachten. Auch die

wütenden Rufe waren hier oben nur noch ein leises Flüstern. Fast hundert Meter tiefer fing erst die Tischdecke, dann der Altar an zu brennen. Die Flammen griffen auf die Holzbänke über. Das alte, trockene Holz brannte wie Zunder. Als Dieter den Brand bemerkte, waren für ihn längst alle Fluchtwege versperrt. Er schaffte es gerade noch, durch Rauch und Hitze zum Schaltschrank zur Steuerung der Glocken zu gelangen und diese in Gang zu setzen. Unter dem ohrenbetäubenden Lärm der Glocken bemerkte die wütende Menge vor dem Gotteshaus, wie Flammen aus dem Dachstuhl in den Himmel schlugen. Pfarrer Dieter Janson erlebte nicht mehr, wie das Feuer die größte Glocke, benannt nach dem bekanntesten Reformator, löste. Die über 2 Meter im Durchmesser breite und fast 8 Tonnen schwere Glocke „Martin Luther" zerschellte nur 60 Jahre nachdem sie gegossen worden war auf dem Fuß des Turmes, dann stürzte der Turm ein und begrub drei wackere Feuerwehrmänner, die versucht hatten, einen schon toten Geistlichen aus dem Flammenmeer zu retten. Die Bilder dieser Katastrophe wurden live im Fernsehen in alle Welt übertragen.

Karl Bergmann sah die Bilder und konnte nicht glauben, was er sah. Ein Brandanschlag auf die evangelische Kirche, Tausende Demonstranten, die den sexuellen Missbrauch an Kindern durch evangelische Pfarrer anprangerten. Jetzt saß er im Arbeitszimmer des Ministerpräsidenten und wusste nicht, warum er hierher zitiert worden war. Er würde Sascha töten, wenn er ihn in die Finger bekam, dafür, dass dieser ihn hierüber nicht informiert hatte. Im Audienzraum traf er auf den Ministerpräsidenten, den

Innenminister und auf einen hochdekorierten Soldaten in Uniform und alle drei sahen jetzt fragend und mit vorwurfsvollem Blick zum Polizeichef. Karl kannte den Ministerpräsidenten, einen schlanken Mitfünfziger mit kurzem schwarzem Haar im perfekt sitzenden Anzug, von seiner Ernennung zum Polizeichef. Karl kannte auch den Innenminister, der Jüngste im Raum, mit schulterlangem Haar, mit moderner aber nicht stillos wirkender Brille und Dreitagebart. Der Soldat war dünn, fastabgemagert, das Gesicht wirkte hart, was die hervorstehenden Wangenknochen und die lange Hakennase noch untermalten, an der Brust hingen dutzende Auszeichnungen und seine Schulterklappen zierten drei Sterne. Ihn kannte er indes nicht. Karl fröstelte es, als er das brennende Gotteshaus und die Tausenden von Demonstranten sah. Die Gewalt schien sich auszubreiten, in der näheren Umgebung waren Fahrzeuge in Brand gesetzt und Schaufensterscheiben eingeschlagen worden. Dazu, so berichtete der General, drohten die Gewalttäter, die Innenstadt zu stürmen. Das würde erhebliche Opfer in der Zivilbevölkerung nach sich ziehen und als Signal einen Flächenbrand der Gewalt zur Folge haben, der nicht mehr aufzuhalten sei. Wahrscheinlich hätte es nicht einmal der Nachricht bedurft, dass drei mutige Feuerwehrmänner den Kampf gegen die Flammen mit ihrem Leben bezahlt hatten. Nach nur 15 Minuten hatte der Ministerpräsident sein Urteil gefällt. Er rief den Notstand aus und erklärte eine Ausgangssperre für Speyer. Karl konnte das breite Grinsen im Gesicht des Generals sehen, als dieser hoch erhobenen Hauptes den Raum verließ und zur Tat schritt. Nur dreißig Minuten später walzte eine unvorstellbare Kolonne, aus Mainz kommend, über die Bundesautobahn A63, ab Alzey über die A61 nach Speyer. Vorneweg fuhren zehn Streifenwagen, die mit Blaulicht und Martinshorn die Straße für die Kolonne frei machten. Es folgten acht leicht gepanzerte Transportpanzer M113, die mit ihren 13 Tonnen Gewicht alles, was den Wasserwerfern und Mannschaftswagen im Weg stehen könnte, wegräumen sollten. Insgesamt waren in einem fast 1 Kilometer langen Konvoi beinahe 2000 Mann unterwegs zum Einsatzort. Kamen sie über die Autobahnen und über die zweispurige Bundesstraße noch schnell voran, so trafen sie im Stadtgebiet von Speyer auf erste Hindernisse. Rücksichtslos und ohne auf das Eigentum der Einwohner zu achten, schoben die Panzer geparkte Fahrzeuge, aber auch Straßenlaternen, Briefkästen oder Telefonzellen aus dem Weg, bis sie sich vor den Demonstranten aufbauten, während sich die Wasserwerfer in deren Schutz in Position brachten, um ihre 9000 Liter Wasser unbarmherzig in die Menge zu schießen. Während das die Aufmerksamkeit der Demonstranten auf sich zog, sprangen aus 20 Mannschaftsbussen Soldaten, 1400 Mann, bewaffnet mit Schagstöcken und Schildern, bereit, nachdem die Wasserwerfer die Front der Demonstranten durchgeschlagen hätte, den Aufstand niederzuknüppeln. Unter den meist friedlichen Demonstranten, die von den Taten vereinzelter Chaoten nichts wussten, brach Panik aus. Die Menge versuchte zu fliehen, doch es war zu spät, in Minuten verrichteten die Wasserwerfer ihr vernichtendes Werk: Tausende von Litern Wasser, durch unmenschlichen Druck hart wie eine Wand, schleuderten die meist schutzlosen Menschen zu Boden. Hunderte von Verletzten lagen auf der Straße. Dann stürmten die Soldaten aus dem Schutz der Wasserwerfer auf die wenigen noch unverletzten Demonstranten und knüppelten auf alles ein , was sich bewegte. Die Wenigen, die noch zur Flucht fähig waren, rannten in Panik in die Speyerer Altstadt. Innerhalb von einer Stunde war der Aufstand niedergeschlagen und das Militär machte sich daran, das Stadtgebiet zu sichern. Keiner durfte rein oder raus, ohne sich auszuweisen.

Sascha fühlte sich wie ein neuer Mensch, er hatte seit Langem wieder eine Nacht durchgeschlafen. Erholt und mit viel Elan stand er auf und ging unter die Dusche. Frisch rasiert und voller Tatendrang ging er eine halbe Stunde später in den Frühstücksraum. Die Speisen, die auf dem spärlichen Büfett angeboten wurden, standen dem Eindruck des Hotels in nichts nach. Die Brötchen waren aufgebacken, Wurst und Käse waren am Rand eingelaufen und der Kaffee eine Unverschämtheit, eine helle geschmacklose Brühe. Sascha sah sich die Tischdecke an und fragte sich, wann diese zuletzt das Innere einer Waschmaschine gesehen hatte. Er stand auf und ging zur Küche, der Hotelbesitzer stellte sich ihm in den Weg: „Dieser Bereich ist nicht für Gäste zugänglich, nur für Personal", erklärte der Besitzer in strengem Ton. „Und für Kakerlaken" mutmaßte Sascha: „Ist mir egal, ich brauche Kaffee." - „Dann setzen Sie sich, ich bringe Ihnen eine Kanne." - „Ihren Kaffee hab ich schon getestet, ich koch ihn lieber selbst!" erklärte Sascha jetzt energischer. „Ich mache Ihnen einen richtigen Kaffee, versprochen!" versicherte der Hotelbesitzer. In diesem Moment betrat Werner den Speisesaal: „Morgen, Sascha, ich hab die Personalakte vom Opfer. Bergmann hat sie an unsere Dienststelle gefaxt." Mit einen warnenden Blick ging Sascha zurück an seinen Tisch und nahm sich die Akte vor. Werner bediente sich derweil am nicht angerührten Mahl seines Kollegen. Sascha schaute auf: „Die Ehefrau wohnt in Landau, da fahren wir als erstes hin." - „An Heilig Abend? Du willst nicht wirklich der armen Frau am 24. so eine Nachricht überbringen?" fragte Werner geschockt. „Wie, Nachricht überbringen? Hat Otto Hermann gestern nicht..?" - „Nein, war einfach keine Zeit! Da heute alle im Weihnachtsurlaub sind, mussten wir das Weihnachtsessen auf den 23. vorverlegen", erklärte Werner mit glänzenden Augen: „Es gab Wildschwein in Rotwein eingelegt mit Semmelknödel, lecker. Dann kamst du schon." Sascha schüttelte nur resigniert den Kopf: „Egal, wenn ich meinen Kaffee hatte, fahren wir zu ihr." Sascha nahm gerade den frischen Kaffee in Empfang, als sein Handy läutete. „Um die Uhrzeit, der hat besser einen Grund mich zu stören." murmelte Sascha mehr zu sich selbst, dann nahm er das Gespräch an. Sascha konnte sich nicht einmal melden, sein Polizeichef brüllte ins Telefon: „Was läuft da für eine Scheiße? Schalte sofort den Fernseher an! Warum hast du mich nicht informiert, was mit diesem Pfarrer los ist?" - „Karl!" unterbrach Sascha seinen Vorgesetzten unsanft: „Weißt du, wofür es Telefone gibt? Man kann über weite Strecken kommunizieren, ohne zu brüllen. Wenn du normal redest, höre ich dich auch. Was ist passiert?" - „Katastrophe! Der Ministerpräsident hat mich aus dem Bett geklingelt. Er hat das Militär, ach, schalte einen Fernseher ein!" Einen Fernseher konnte ihnen der Hotelbesitzer nicht in den Frühstücksraum bringen, aber er bot ihnen an, das Gerät in seinen privaten Räumen zu benutzen. Seine Wohnung im Erdgeschoss war wohl die reinlichste im ganzen Haus. Die Geräte waren auf dem neusten Stand, Sascha konnte es fast nicht glauben, dass diese Wohnung im selben Gebäude war wie seine Rumpelkammer. Der erste Sender zeigte eine beindruckend schöne, reich verzierte Kirche mit einem mit aufwändigster Steinmetzkunst verzierten Turm. Dann Bilder der Nacht, wie das Gotteshaus lichterloh brannte und der mächtige Turm einstürze. Ein weiterer Umschnitt zeigte die rauchenden Trümmer des vormals so mächtigen Gebäudes. Davor sah man gut ein Dutzend Feuerwehrwagen, Krankenwagen und Polizei. Am unteren Rand lief in gelber Schrift: „Brandanschlag, auf die evangelische Landeskirche. Die Gedächtniskirche in Speyer fiel heute Nacht einem feigen Brandanschlag zum Opfer...". Sascha erkannte das Gebäude, noch vor wenigen Stunden hatte er es in einem anderem Fernseher gesehen. „Scheiße", urteilte Sascha kleinlaut ins Telefon. „Das kannst du laut sagen!" Karl brüllte wieder, aber diesmal hinderte ihn keiner: „Ich will wissen, ist an den Vorwürfen was dran? Ich will nicht vor die Presse treten, verkünden, dass an den Verdächtigungen nichts Wahres dran ist und morgen sehe ich auf allen Sendern Bilder, wie sich der saubere Herr Pfarrer an kleinen Jungs oder Mädchen... verstehst du?" Sascha stammelte ein kaum hörbares: „Ja, aber mit absoluter Sicherheit können wir das nicht ausschließen!" - „Dann beeilt euch! Die Sache eskaliert, es gab noch zwei Brandanschläge auf Kirchen und ein Pfarrer wurde auf dem Weg zum Bäcker niedergestochen. Im Internet gibt es Videos, wie Sodaten harmlose Demonstranten wie Vieh durch die Speyerer Innenstadt hetzen. Heute Mittag um 14:00 Uhr ist eine Pressekonferenz. Bis dahin will ich wissen, was ich sagen kann." Sascha wollte noch etwas antworten, aber sein Boss hatte das Gespräch bereits beendet. Nach einer Tasse überraschend gutem Kaffee machten sie sich auf die gut zehn Kilometer lange Fahrt nach Landau. Die Zeit im Auto nutzte Sascha, um Ingo anzurufen und ihn zu bitten, sich die Fußspuren nochmals vor Ort anzusehen und falls möglich, einen Abdruck zu nehmen. Auch bat er seinen Freund, sich nochmals in der Kirche umzusehen und machte hierbei keinen Hehl daraus, was er von den örtlichen Kollegen hielt. Dann rief er den Kirchengemeinderat Heinz Mahler an und informierte ihn darüber, dass das Gotteshaus bis auf Weiteres gesperrt bleiben würde. Die Verärgerung bei dem alten Herrn hielt sich in Grenzen und er erklärte sich sofort bereit, Ingo Holzer die Kirche zu öffnen und ihm für etwaige Fragen zur Verfügung zu stehen. Dann räusperte sich Sascha: „Sie kennen Ihren Pfarrer schon lange, ist was dran, an den Vorwürfen?" - „Das hat mich vor einer Stunde schon der Bischof gefragt. Wir sehen in die Menschen nicht hinein, nur, ich müsste mich sehr in Maria getäuscht haben, wenn sie das getan hätte. Ich denke, nein." Sascha bedankte sich und widmete seine Aufmerksamkeit wieder dem Verkehr. Am Heiligabend Vormittag einen Parkplatz in der einzigen Stadt im weiten Umkreis zu finden, war fast unmöglich. Es hatte den

Anschein, dass die halbe Welt ihre Weihnachtseinkäufe bis auf den letztmöglichen Termin hinausgezögert hatte. Nach einer Viertel Stunde erfolglosem Suchen nach einer kostenlosen Parkmöglichkeit, gaben sie auf und parkten am Marktplatz. Das brachte ihnen nicht nur 2 Euro Parkgebühr sondern auch einen längeren Fußmarsch ein. Kurz vor 9 Uhr standen die beiden Beamten in einer Hauptstraße vor einem einfachen Mietshaus, direkt an der Queich. Zu ihren Glück wohnte Nicole Keller im Erdgeschoss. Es öffnete eine gutaussehende Dame Ende vierzig die Tür. Sascha zog seinen Dienstausweis: „Guten Morgen. Mein Name ist Sascha Weber, das ist mein Kollege Werner Hoffmann. Dürfen wir kurz reinkommen?" - „Ja, klar, aber was ist denn passiert?" fragte die Ehefrau des Geistlichen, während sie ihre Besucher in die Küche führte und ihnen an einem einfachen Küchentisch einen Platz bot. „Nicole Keller?" fragte Sascha: „Ihr Ehemann ist Holger Keller, alias Maria Keller?" - „Ja, aber was ist mit Maria?" fragte Nicole sichtlich beunruhigt. „Wir müssen Ihnen eine traurige Nachricht überbringen", sagte Sascha mit gesenktem Kopf: „Ihr Mann ist gestern Morgen Opfer eines Gewaltverbrechens geworden. Unser aufrichtiges Beileid." Nicole sackte ein, Tränen schossen in ihr rundliches Gesicht: „Was ist denn passiert?" - „Das können wir zu einem so frühen Zeitpunkt noch nicht mit Gewissheit sagen. Aber es gibt Hinweise auf Mord." - „Das war Bernhard", zischte Nicole, mit den Tränen kämpfend: „Er hasste Maria schon, seit er wusste, dass sie eine Frau war." - „Bernhard? In welcher Verbindung stand er zum Opfer?" fragte Sascha. „Bernhard Keller, Marias Vater. Er hat es angekündigt. Er hat immer gesagt, er würde nicht zulassen, dass Maria Schande über die Familie bringt", antwortete Nicole kaum hörbar. „Hatte Ihr Mann noch andere Feinde? Gab es noch andere, die ihm Schaden zufügen wollten?" - „Nein, Maria hatte keine Feinde. Sie war eine so tolle Frau, sie hat nie jemand etwas getan!" Sascha sah zum Fenster. Die Frage, die er jetzt stellen musste, hätte er sich gerne für später aufgehoben, aber die Pressekonferenz rückte näher und sein Freund und Vorgesetzter brauchte Antworten. Er richtete seinen Blick wieder auf sie: „Hat es seitens Ihres Mannes jemals Übergriffe sexueller Art auf Kinder gegeben?" Nicole sah Sascha fassungslos an: „Sie Schwein! Verlassen Sie meine Wohnung!" schluchzte die Frau unter Tränen. Sascha musste einsehen, dass eine weitere Befragung keinen Sinn machte: „Kommen Sie klar? Können wir jemanden für Sie anrufen? Wir werden dann in den nächsten Tagen noch einmal auf Sie zukommen." Nicole schüttelte weinend den Kopf. Die beiden Beamten verließen die Wohnung. Sascha war froh, als sie endlich in der kalten Dezemberluft standen und der bedrückenden Stimmung entflohen waren. Auf dem Weg zum Auto rief Sascha Otto Hermann an. Erbost musste Sascha erkennen, dass der Chef der örtlichen Polizei weder die Autopsie Ergebnisse angefordert hatte, noch bereit war, die Ermittlungen zu unterstützen. Mit den Worten: „Ich habe Urlaub. Nerve jemand anderen!" verabschiedete sich Hermann. Sascha zündete sich wütend eine Zigarette an, dann rief er seinen Polizeichef an. Karl versprach ihm, sich um alles zu kümmern. Bevor sie das Auto erreicht hatten, bekam Sascha schon eine SMS mit der genauen

Anschrift der Eltern des Opfers. Die Eltern, Bernhard und Cornelia Keller, wohnten in Klingenmünster. Sascha, der mit der Örtlichkeit nicht vertraut war, sagte der Ort nichts, aber Werner meinte, wenn man einen verrückten Mörder suche, wäre man dort bestimmt richtig. Nach 15 Kilometern Fahrt kamen sie zu einem ruhig gelegenen Dorf an der Südlichen Weinstraße, nur drei Bergzüge entfernt von dem Ort, wo Maria Keller den Tod gefunden hatte. Über dem Dorf weithin sichtbar stand die mächtige Ruine Landeck. Am beeindruckensten an dem fast 800 Jahre alten Bauwerk war der kolossale Bergfried. Die Idylle wurde nur von einem riesigen Klinikkomplex zerstört, der fast den gesamten Hügel neben dem Ort verschlungen hatte: „Darf ich vorstellen, unsere Klapsmühle!" erklärte Werner lapidar und zeigte auf die Klinikgebäude. Sascha verstand endlich, was sein Kollege mit seiner Bemerkung gemeint hatte.

VI

Zur selben Zeit betraten nur 6 Kilometer entfernt Ingo Holzer
und Heinz Mahler die Kirche in Leinsweiler. Ingo war sauer, wie
konnte Sascha nur so ein Fehler unterlaufen! Durch ihren
nächtlichen Ausflug am Vortag hatten sie so gut wie alle
Fußspuren vor der Tür platt getrampelt. Ingo hatte eine
Dreiviertelstunde nach dem Schuhabdruck gesucht und dann
frustriert aufgegeben. Was Ingo stutzen ließ, waren die Graffiti
an der Fassade des Gotteshauses. Nazis hatten dort ihre Meinung
frei kundgetan. Heinz wollte schon seinen Hochdruckreiniger
holen und den Schund wegspülen, Ingo konnte ihn aber überreden,
noch zu warten bis Sascha es gesehen hätte. Er hatte schon gestern
Abend mit dem Polizeichef geredet und ihn gebeten, Sascha vor
Ort unterstützen zu dürfen und die Antwort erhalten, macht, was
Ihr wollt, so lange Ihr keine Scheiße baut. Ingo hatte daraufhin
gepackt und war morgens sofort abgefahren. Dann hatte er im
gleichen Hotel wie sein Freund eingecheckt. Es würde das erste
Weihnachten seit Jahren sein, das er nicht alleine verbringen
würde. Aufmerksam ging Ingo durch das alte Gemäuer. Wie
kommt man hier rein, wenn man keinen Schlüssel hat, überlegte
er laut. Es gab nur die beiden Möglichkeiten, durch die Tür mit
einem Dietrich oder durch ein Fenster. Ingo besah sich das
Hauptportal, das alte Schloss wäre kein wirksames Hindernis für
einen Einbrecher, aber das Kantholz, das dahinter zur
Stabilisierung der beiden Flügel verkeilt war, konnte man nur von
innen entfernen. Der Haupteingang war sicher und der

Hintereingang war mit einem Sicherheitsschloss abgeschlossen und somit ein schweres Hindernis. Die großen Buntglasfenster waren unversehrt. Blieben kleine Fenster im Umkleideraum, im Turm und hinter der Orgel über dem Haupteingang. Sascha stockte der Atem, als er das winzige eingeschlagene Fenster hinter der Orgel entdeckte. Auf dem Fenstersims war ein klar zu erkennender Fußabdruck, der Eindringling musste durch Matsch gelaufen sein. Mit aller Kraft zwängte Ingo seinen massigen Körper zwischen Wand und Instrument, er wollte hinaussehen. Er sah wenige Meter von der Mauer entfernt eine Leiter, die den Abhang hinab gerutscht und mit Schnee bedeckt war. Ingo versuchte einen Fingerabdruck zu bekommen, aber der Eindringling hatte sicher Handschuhe benutzt. Einen vollständigen Schuhabdruck und schwarze Stofffasern konnte er sicherstellen. Die Leiter ergab nichts Neues, es war die aus der Garage des Pfarrhauses. Ingo beschloss, wenn er schon mal da war, auch das Pfarrhaus in Augenschein zu nehmen. Verblüfft stellte er fest, dass dieses nicht versiegelt war. Der Computer stand unberührt an seinem Platz, persönliche Dokumente und Briefe lagen geöffnet oder verschlossen auf dem Schreibtisch und Ingo wurde klar, dass dieses Haus noch von keinem seiner Kollegen durchsucht worden war. „Was für ein Pfusch läuft hier? Ist Eure örtliche Polizei völlig unfähig?" Ingo rief Bergmann an, jetzt brauchte er sein Team. Ingo hatte fast den Eindruck, der Polizeichef sei froh, von ihm zu hören. Nach dem Gespräch vom Vortag war diese Reaktion das Letzte, was er erwartet hätte. Ingo fasste kurz zusammen, was er entdeckt hatte. Er erzählte von der

Fußspur am Hintereingang, dann vom eingeschlagenen Fenster, der Leiter. Dann erklärte er, dass niemand sich das Pfarrhaus angesehen habe. Der Polizeichef versprach, alle Mitarbeiter, die er im Urlaub erreichen könne, zu ihrer Unterstützung zu schicken. „Und Otto Hermann hat das Pfarrhaus nicht einmal angesehen?" fragte Bergmann noch einmal nach. „Nein, hier war niemand. Was gut ist, denn in der Kirche haben die nur Beweise vernichtet. Jeder Anfänger in meiner Abteilung hätte das eingeschlagene Fenster in Minuten gefunden." bestätigte Ingo. „Gut, jetzt reicht es! Dem sein Arsch gehört mir!" tobte der Polizeichef. „Ich komme heute Abend und mache mir selbst ein Bild von der Lage." - „Herr Bergmann, heute ist Heiligabend", warf Ingo verunsichert ein. „Stimmt, ich bringe Bier mit, besorge du die Knabbereien, Sascha mag am liebsten Sticks, ich normale Chips, und wenn du keinen Ärger mit mir willst, ich bin der Karl." - „OK. Dann bis heute Abend." Ingo steckte das Telefon ein und sagte zu Heinz: „Wo gibt es hier einen Supermarkt, ich muss für heute Abend einkaufen." - „Nicht hier im Ort", antwortete Heinz: „Da musst du schon nach Landau fahren. Aber wenn es Euch nichts ausmacht, feiert mit mir und Werner. Ich habe alles da und der Gottesdienst fällt heute Abend flach" Und als er das verblüffte Gesicht seines Gegenübers sah, fügte er noch hinzu: „Werner und ich sind Pfälzer, wir saufen euch Städter noch mit Hundert unter den Tisch." - „Gut, abgemacht". In der Zeit bis die Kollegen eintrafen, richteten sie im Partykeller alles gemütlich ein. Heinz hatte einen beachtlichen Weinkeller und bei der Menge Flaschen, die er auf den Tisch stellte, war sich Ingo nicht sicher, ob der Rentner nicht den ganzen Ort versorgen wollte. Dann gingen sie zurück zum Pfarrhaus, um auf die Kollegen zu warten. Es hatte inzwischen wieder begonnen zu schneien und auf der Straße bildete sich durch Schnee und Streusalz ein gefährlich rutschiger Belag. Sie mussten über eine Stunde warten, bis die ersten schlitternd und rutschend in der engen Gasse vor dem Gotteshaus zum Stehen kamen. Als erstes kam ein Computerfachmann: „Wo ist der PC?" - „Seit wann habt ihr Jungs Außendienst?" scherzte Ingo. „Komiker! Wo steht der PC? Unser Polizeichef braucht bis spätestens 14:oo Uhr Ergebnisse. Ingo verstand die Hektik nicht, brachte aber den ungemütlichen Computerfachmann in das Arbeitszimmer. Die Ergebnisse waren ernüchternd, es gab keine abweichenden Fingerabdrücke, die die man fand, waren so zahlreich, dass es die des Pfarrers sein mussten. Die Briefe waren fast ausschließlich an Mediziner oder Psychologen gerichtet und befassten sich mit dem Thema Geschechtsumwandlung zur Frau. Auch hatte er einen Anwalt, der sich hiermit sicherlich eine goldene Nase verdient hatte. Kurz vor 13:oo Uhr brach Panik aus, zwei Kollegen hatten im PKW des Pfarrers ein Laptop gefunden. Der Fachmann wurde sofort aus dem Arbeitszimmer geholt. Größer wurde die Unruhe, als dieser auf die zu gut geschützte Festplatte nicht zugreifen konnte. Computer und Laptop wurden eingepackt, es war nicht möglich, noch rechtzeitig vor der Pressekonferenz an die gewünschten Informationen zu gelangen und so beschloss man, im Labor mit weiteren Fachmännern das Problem in Ruhe anzugehen. Zur Erleichterung der Beamten war in das Haus allem Anschein nach nicht eingebrochen worden. Sicherlich hätte es ein Profi ohne Spuren zu hinterlassen gepackt, in das nur schwach abgesicherte Haus einzudringen. Nach der eingeschlagenen Fensterscheibe in der Kirche zu schließen, hatte der Täter aber auf diesem Gebiet kein Talent. Immerhin rief Karl an und klärte Ingo endlich auf. Ehe er die Frage beantwortete, warum er anrief, bombardierte er Ingo sofort mit Fragen: „Habt ihr im Haus Hinweise drauf gefunden, dass unser Opfer sich an Kinder herangemacht hat?" Ingo verneinte die Frage. Karl erklärte, dass er nach der Pressekonferenz sofort nach Leinsweiler kommen würde.

Zur selben Zeit irrten Sascha und Werner durch Klingenmünster. Die Hauptstraßen waren geräumt, aber in den Seitenstraßen herrschte Chaos. Die Hausbewohner hatten den Schnee einfach aus ihren Einfahrten und Bürgersteigen auf die Straße geräumt und alle möglichen Parkflächen waren mit Schneebergen bedeckt. Als sie endlich vor dem schmucken Einfamilienhaus im Neubaugebiet ankamen, konnten sie das Auto nirgends parken. Sascha ließ den Wagen einfach mitten auf der Fahrbahn stehen, ein Abschleppwagen hätte keine Chance gehabt, hierher zu gelangen. Bernhard Keller öffnete die Tür und ohne erst zu grüßen, fuhr er die Beamten an: „Meinen Sie, das ist ein Parkplatz?" Sascha sah zu seinem Kollegen und murmelte gerade so laut, dass Herr Keller es hören musste: „Weihnachten, das Fest der Liebe, und wir müssen zu so einem Arsch." Dann zog er seinen Dienstausweis: „Weber, Polizei. Wir müssten mit Ihnen und Ihrer Frau sprechen. In Anbetracht der schwierigen Parkplatzsituation müssen wir Sie leider aufs Revier bitten. 18:00

Uhr, ist Ihnen das recht?" Herr Keller war völlig verdattert: „Es ist Heiligabend, 18 Uhr, da kommt unsere Familie. Kommen Sie herein, so viele Autos fahren hier ja nicht durch." Sie gingen ins Wohnzimmer, Bernhard erinnerte Sascha an seinen Mathelehrer, der immer davon geschwärmt hatte, dass es früher so toll gewesen war, als man die Schüler noch schlagen durfte. Herr Keller war ein dürrer, fast kahlköpfiger Mann um die siebzig mit einer starken Brille mit und stabilem schwarzem Gestell auf einer riesig wirkenden Nase, er wirkte verbittert. Frau Keller war das genaue Gegenteil, wirkte freundlich, sie hatte etwas Mitfühlendes, Verstehendes im Blick und lächelte den Beamten zu. Die leicht ergraute Dame saß auf der Ledercouch im Wohnzimmer. Sascha sah sich im Raum um, das Zimmer wirkte stilvoll, aber völlig unpersönlich. Es gab keine Fotos, keine Urkunden hingen an den Wänden, Sascha hätte nicht sagen können, wer hier wohnt. Bernhard hatte inzwischen neben seiner Frau Platz genommen und harrte der Dinge, die auf sie zukommen würden. Völlig deplatziert wirkte der kitschige Weihnachtsbaum in der Ecke des Raumes. Sascha ging hin und las die Namensschilder auf den bunt verpackten Geschenken. Er stockte, als sein Blick auf einem größeres Päckchen hängen blieb. Halblaut las er: „Holger." Herr Keller räusperte sich vernehmlich: „Das Geld hätten wir uns sparen können, unser Sohn wird heute nicht kommen." Sascha übersah den vorwurfsvollen Blick nicht, mit dem Cornelia Keller ihren Gatten bedachte. Werner antwortete wenig taktvoll: „Das ist wohl unstrittig." - „Was meinen Sie?" fragte Frau Keller, die hellhörig geworden war, während ihr Mann keine sichtbare

Reaktion zeigte. „Werner", ermahnte Sascha seinen Kollegen. Dann wandte er sich dem Ehepaar zu. „Ich muss Ihnen eine traurige Nachricht überbringen. Ihr Sohn ist gestern in Leinsweiler ermordet worden." Sascha blickte auf die Eltern des Opfers, er versuchte, irgendwas zu entdecken, was die Vermutung von Nicole Keller bestärken könnte, aber da war nichts. „Ich verstehe, wenn Sie jetzt eine Pause brauchen, wir kommen gerne später wieder, wir hätten da noch ein paar Fragen." Zu Saschas Verwunderung übernahm die Mutter das Wort: „Nein, wir möchten wissen, was passiert ist.", Bernhard wirkte abwesend, in sich zusammengesunken und starrte auf den Tisch vor sich. Sascha berichtete langsam, vorsichtig, als würde er jedes Wort genauestens überdenken, aber er wendete den Blick nicht eine Sekunde von Bernhard ab. „Wir müssten wissen, ob Ihr Sohn Feinde gehabt hat? Wurde er von irgend jemandem bedroht?" Sascha machte eine kurze Pause und atmete hörbar ein, er überlegte, ob er es riskieren sollte, Keller direkt mit dem Verdacht zu konfrontieren: „Es gibt leider Hinweise, die auf Sie, Herr Keller, deuten, wir müssten wissen, wo Sie zur Tatzeit gestern Morgen waren?" Bernhard zeigte keine Reaktion, er antwortete nicht und Sascha war sich nicht einmal sicher, ob er ihm überhaupt zugehört hatte. Frau Keller antwortete an seiner Stelle: „Er war bei mir. Ich glaube, Sie gehen jetzt doch besser." - „Kein Problem. Wir kommen später wieder, es wäre gut, wenn Sie sich ein paar Gedanken zu meinen Fragen machen würden. Es würde uns bei den Ermittlungen sehr helfen." Frau Keller stand auf und geleitete sie zur Tür. Sascha war schon an der

Wohnzimmertür, als er Bernhard sagen hörte: „Wissen Sie, was das Letzte war, was ich meinem Sohn sagte?" Sascha drehte sich zu dem alten Mann um und sah in die traurigen grauen Augen, in denen jetzt Tränen blitzten: „Nein." - „Ich habe keinen Sohn mehr. Ich werde das nie mehr gut machen können." Dann vergrub er sein Gesicht in beiden Händen. Sascha hatte genug gesehen, nicht die Körpersprache und nicht, was er gesagt hatte, war das, was Sascha zu seinem Schluss brachten, die Augen des alten Mannes hatten ihn überzeugt. Hier saß nicht der Mörder, dessen war sich Sascha jetzt sicher: „Wir werden den Mörder fassen", versprach er heute schon zum zweiten Mal. An der Haustür sprach ihn Frau Keller noch einmal an: „Wir hatten wenig Kontakt im letzten Jahr, aber ich weiß, dass es beim letzten Klassentreffen einen Streit mit seinen alten Freunden aus der Schulzeit gegeben hat, nachdem er sich geoutet hatte. Ich habe nur ein altes Foto von damals." Sie schrieb 5 Namen auf die Rückseite: „das sind sie. Wo die heute wohnen, kann ich Ihnen nicht sagen. Auch gab es in seiner Kirchengemeinde Ärger. Er wollte erst die Gemeinde nicht wechseln. Offenbar gab es sowohl von Kirchenmitgliedern als auch von Rechten massive Drohungen gegen Holger." Sie schrieb einen weiteren Namen mit Adresse auf: „Das ist der Psychologe, der Holger in der ganzen Zeit betreut hat, er sollte mehr wissen." - „Frau Keller, ich glaube, Ihren Mann hat das sehr mitgenommen", erklärte Sascha leicht besorgt nach dem eben Erlebten: „Wenn Sie medizinische Hilfe brauchen, wir haben Fachleute, die Ihnen zu Seite stehen können." Cornelia Keller sah Sascha lächelnd an: „Ich bin Psychologin, hier am

Klinikum. Machen Sie sich um uns keine Sorgen." Als sie im Wagen saßen, rief Sascha Ingo an und gab ihm die Namen der fünf Kassenkameraden durch. Ingo sollte deren Adressen herausfinden, Ingo legte auf. Der Auftrag musste warten, er und Heinz sahen wie gebannt auf den kleinen Bildschirm im Arbeitszimmer des Pfarrhauses. Der Polizeichef sprach zur Presse. Einige der Kollegen hatten ihre Tätigkeit unterbrochen und gesellten sich zu ihnen. Wenn es Karls Wunsch gewesen war, die Wellen zu glätten und Ruhe in die Sache zu bringen, so hatte er klar versagt. Karl vermied es merkbar, eine verbindliche Aussage zu treffen. Vor jedem entlastenden Satz kam ein kleinlautes „Nach jetzigem Stand" oder „So weit uns bekannt ist". Als die Reporter Fragen stellen durften, drohte die Situation zu eskalieren. Der Polizeichef beendete das Debakel. Doch wie er und seine Männer den Raum verließen, sah sehr nach Flucht aus. Nur eine viertel Stunde nach der Pressekonferenz wurde beim größten deutschen Sender eine Sondersendung zum Thema sexueller Missbrauch in der Kirche gezeigt. Was wohl die am meisten gekaufte Zeitung am nächsten Tag auf der Titelseite zeigen würde, konnten sie nur vermuten. Es würde gesellschaftlich eine Hinrichtung der evangelischen Kirche sein. Karl parkte seinen Boliden direkt vor dem Gotteshaus. Nachdem er sich mit Ingo und den leitenden Beamten vor Ort kurzgeschlossen hatte, trat er auf die Straße und rauchte eine Zigarette. Er hatte schon vor vier Jahren aufgehört zu rauchen, aber an Tagen wie heute brauchte er eine Zigarette. Als er sich nach dem ersten Zug hustend aufrichtete, fiel sein Blick auf eine Gruppe von Rentnern, die in etwas Entfernung in den Weinbergen oberhalb der Kirche in einem Pavillon saßen und redeten. Kurzerhand machte er sich auf den beschwerlichen Weg. Die älteren Herren begrüßten ihn freundlich. „Guten Abend", grüßte Karl zurück. Die fünf Männer saßen gemütlich im Kreis um einen hölzernen Tisch und tranken Wein. Der Polizeichef überlegte, warum die Männer hier in der Kälte saßen, es gab sicherlich angenehmere Orte, an denen man sich bei der Kälte hätte treffen können. „Ich bin von der Polizei und würde mich gerne mit Ihnen unterhalten. Geht das?" - „Den schicken bestimmt unsere Weiber, nicht einmal hier hat man seine Ruhe vor ihnen", bemerkte einer in die Runde. Ein zweiter: „Ruhig jetzt, lasst ihn ausreden. Vielleicht ist meiner Frau was passiert und ich bin schon ein freier Mann." Alle lachten. „Kein Sorge. Eure Frauen schicken mich nicht", antwortete Karl lachend. „Ich wollte nur fragen, ob ihr jeden Abend hier sitzt?" Ein übergewichtiger Mann mit lichtem Haar und leuchtend roter Nase antwortete: „Klar, wenn Sie so einen Drachen zuhause sitzen hätten, wären Sie auch hier." Wieder lachten alle, nahmen ihr Schoppenglas in die Hand, prosteten sich zu und tranken. Karl überlegte, ob es normal sei, Wein aus Halblitergläsern zu trinken. „Waren Sie am Abend des 22. Dezember auch hier?" Wieder ergriff der Dicke das Wort: „Klar, unsere Weiber quatschen vormittags am Dorfbrunnen und wir nach der Arbeit hier." - „Ist euch am 22sten irgendwas da unten an der Kirche aufgefallen? War da jemand, der da nicht hingehört hat?" fragte Karl. Die Männer sahen sich fragend an, jeder von ihnen wusste, weswegen Karl das fragte und die ausgelassene Stimmung war auf einen

Schlag verflogen. Endlich unterbrach einer das Schweigen: „Dann war es also doch Mord?" - „Egal, ein schwuler Pfarrer hat es wohl verdient!" merkte der Dicke an und ein Dritter, der betreten in sein Weinglas schaute, widersprach: „Schwul war er ja nicht, er soll ja mit einer Frau verheiratet gewessen sein." Dann redeten plötzlich alle wild durcheinander, dass Karl wahrscheinlich auch dann nichts verstanden hätte, wenn sie hochdeutsch geredet hätten. Am Ende der Diskussion ergriff wieder der Übergewichtige das Wort: „Wir haben jemanden die Leiter aus der Garage holen sehen, er ist hinter der Kirche verschwunden. Wir dachten, es sei Egon, der leiht sich öfters etwas aus." Ein anderer redete weiter: „Von der Größe und Figur stimmte es in etwa. Nur, Egon ist mit seiner Frau zu den Kindern nach Hamburg gefahren, er ist nicht da." - „Würden Sie die Person wiedererkennen, auf einem Foto oder bei einer Gegenüberstellung?" Karl drehte sich schon bei der Frage zum Gotteshaus um. 300 Meter schätze er, die Männer hatten getrunken und es war bestimmt schon dunkel gewesen, als der Unbekannte die Leiter geholt hatte. Er war sich sicher, keiner würde den Verdächtigen wiedererkennen. Er drehte sich wieder zu den Männern und wie zur Bestätigung schüttelten diese betroffen den Kopf. „Ich schick euch zwei Beamte. Beschreibt denen genau, was ihr gesehen habt, was die Person an hatte, jedes noch so unwichtige Detail." Die Männer nickten und Karl ging zurück, um zwei Beamte nach oben zu schicken.

VII

Januar 1981. Mark war überglücklich. Seit wenigen Wochen hatte er endlich einen Freund. Die Mutter von Thomas hatte ein Schreibwarengeschäft in der Hauptstraße eröffnet und war dafür aus Landau in die Kleinstadt gezogen. Für Thomas war alles viel einfacher, er machte seit frühester Kindheit Karate und hatte den schwarzen Gürtel, ihn ließen Marco und seine Bande in Ruhe. Mark verstand sich vom ersten Tag an mit dem Neuen. Endlich hatte er einen Platznachbarn, er brauchte sich nicht mehr in der Schule zu verstecken und so lange er mit Thomas unterwegs war, drohte ihm keine Gefahr von der Gang. Nach der Schule trafen sich die beiden Jungs fast täglich, bolzen auf dem Sportplatz, fuhren Rad und Thomas zeigte ihm viele Tricks, die er im Karatetraining gelernt hatte. Im Laufe der Zeit lernte Mark, wie er sich verteidigen konnte und eines morgens wartete er nicht auf seinen Freund, um mit ihm ins Kassenzimmer zu gehen, sondern ging erhobenen Hauptes allein hinein. Es geschah aus Marks Sicht ein Wunder, es passiert nichts. Keine Hänseleien, kein Angriff, er setzte sich einfach an seinen Platz und keiner nahm davon Notiz. Auf einer ihrer Radtouren kamen sie an einer Schießbahn vorbei, Thomas war sofort Feuer und Flamme. Mark hatte erst Angst, doch das Schießen begeisterte ihn vom ersten Moment, in dem er eine Waffe in den Händen hielt. Gemeinsam traten sie in den Schützenverein ein und Mark war im Frühling damit beschäftigt, die Rasen aller Nachbarn zu mähen, um das Geld für seinen ersten eigenen Revolver zusammenzusparen. Anfang Mai erzählte

Thomas fast beiläufig, dass sie zu Monikas Geburtstag eingeladen worden waren. Mark fragte zwei Mal nach, aber sein Freund bestätigte ihm immer wieder, dass auch er eingeladen worden sei. So schön die Party an diesem warmen Spätfrühlingstag auch war, das gemeinsame Grillen bis zur Dämmerung, tanzen zu lauter Musik, der erste Alkohol und das Gefühl, endlich dazuzugehören war, hatte der Abend für Mark dennoch einen bitteren Beigeschmack. Thomas lernte Laura kennen und es war für jeden ersichtlich, dass es zwischen den beiden gefunkt hatte. Mark ahnte, dass er von nun an seinen besten Freund nicht mehr für sich allein haben würde und er war eifersüchtig. In dieser Nacht bekam er wieder kein Auge zu, aber zunächst einmal änderte sich wenig. Sein Freund hatte immer noch Zeit für ihn, zwar nicht mehr jeden Tag und nicht zu jeder Uhrzeit, aber er fühlte sich nicht als fünftes Rad am Wagen. Aus dem Hobby wurde für Mark mehr, mit viel Fleiß und hartem Training schaffte es Mark, sich bei der Landesmeisterschaft der Sportschützen für die Deutsche Meisterschaft zu qualifizieren. Im Sommer 1981 war Mark zum ersten Mal seit der Scheidung seiner Eltern wieder richtig glücklich.

Gegenwart. Der Rächer saß vor seinem Laptop und blickte auf den Bildschirmschoner. An die letzten Stunden konnte er sich nicht erinnern, aber die Zeiten, an die er sich nicht mehr erinnerte, wurden kürzer. Früher fehlten ihm Tage, sogar Wochen. Das Ende, das große Ziel rückte näher, er spürte es. An der Wand waren neue Graffiti, nur ein Wort hunderte Male akkurat, fast geometrisch, geschrieben: „Rache" Er stellte sich die Frage, ob er die Worte geschrieben hatte, doch er konnte sich an nichts erinnern. Er sah auf den Boden, wo zwei Ratten tollten. Wie konnten diese Viecher hier überleben, es gab nichts zu essen. Dann bemerkte er das Kindergeschrei, ein Ball wurde an die marode Fassade des Hauses gekickt, dann ein lautes Klirren, es kam aus der Küche. Der verdammte Ball hatte das Fenster eingeschlagen. Er hörte, wie einer der Bengel sagte, dass er den Ball holen werde. Der Rächer nahm sein Jagdmesser vom Tisch und schlich runter zur Eingangstür. Er sah, wie sich eine kleine Kinderhand zögernd durch eine Ritze in dem mit Brettern vernagelten Türfenster in Richtung Türklinke tasten. Der Rächer nahm hinter der Tür Position ein, bereit, der jämmerlichen Existenz, die hier eindringen wollte, ein Ende zu setzen. Jeder Muskel seines durchtrainierten Körpers war angespannt, er war voll konzentriert. Er hörte die Mutter des Jungen rufen und einen Moment hielt der Eindringling inne. Dann zog er langsam die Hand zurück. Instinktiv griff der Rächer zu und flüsterte in einem unheimlichen, nicht menschlichen Ton: „Ich bin der Tod, ich warte hier auf dich." Mit nicht geahnter Kraft riss der Kleine sich los, schreiend rannte er weg, stolperte, fiel hin und rannte weiter, an seiner Mutter vorbei, in seinen Augen stand Todesangst. Der Rächer lachte freudlos, vielleicht würde er diesen Störenfried doch nicht töten müssen, aber ihm war es egal. Aus den Augenwinkeln sah er eine Ratte vorbeihuschen. Der Wurf mit dem Messer war perfekt. Zufrieden ging er zu dem Tierkadaver, das Messer hatte den winzigen Tierkörper glatt in zwei Teile getrennt. Er nahm das Messer auf, leckte das noch warme Blut von der Klinge. Als er zu seinem Laptop zurückging, kämpfte er gegen die aufkeimende Erregung an.

VIII

Sascha und Werner fuhren zurück nach Landau. In Landau war die Parkplatzsituation nicht besser geworden. Der Psychologe hatte seine Praxis direkt in der Fußgängerzone. Sascha hatte ihn angerufen, doch der Mediziner bestand auf ein Treffen in seiner Praxis. Mit besinnlicher Weihnacht hatte das, was die beiden Beamten in der überfüllten Einkaufsmeile vorfanden, nichts zu tun. Es hatte wieder angefangen zu schneien und so bedeckte der Neuschnee das ältere Eis und machte ein gefahrloses Laufen fast unmöglich. Doktor Laurenz Scholz öffnete nach dem ersten Läuten. Die Räume waren geschmackvoll, aber schlicht eingerichtet und hatten nichts mit einer Arztpraxis oder mit den Horrorvorstellungen, die Sascha von einer solchen Einrichtung hatte, zu tun. „Wo ist die Couch?" fragte Sascha. Er bekam nur ein freundliches Lächeln zur Antwort. Dann begrüßte er seinen Gegenüber. „Guten Abend. Ich bin Sascha Weber und das ist mein Kollege Werner Hoffmann. Danke, dass Sie kurz Zeit für uns haben." Wieder zeigte nur Sascha seinen Dienstausweis, Werner glaubte wohl, das nicht nötig zu haben, worüber Sascha sich maßlos aufregte und innerlich grollte. „Guten Abend, die Herren. Wenn ich Sie am Telefon richtig verstanden habe, geht es um Maria. Wie geht es ihr? Ich habe lange nichts von ihr gehört. Aber wo sind meine Manieren, setzen Sie sich. Kann ich Ihnen was anbieten?" Sascha wollte einen Kaffee, Werner lehnte dankend ab. Sascha sah zu dem Kaffeevollautomaten, es war einer von DeLonghi, 15 Bar Wasserdruck, Mahlwerk, mit stufenlos einstellbarer Wassermenge und automatischer Reinigung. Dieser stellte den in seinem Büro um Längen in den Schatten. Neidisch sah er zu dem Gerät und überlegte, ober er hier einbrechen sollte, um diesen Traum zu stehlen, an Weihnachten wäre bestimmt niemand in der Praxis. Er verwarf den absurden Gedanken, als der Mediziner mit zwei Tassen zurückkam und sich seinen Besuchern an seinem Schreibtisch gegenübersetzte. „Es geht also um Maria, viel kann ich Ihnen nicht sagen, wie Ärzte unterliege ich einer Schweigepflicht, von der mich nur mein Patient entbinden kann. Ich habe nach Ihrem Anruf versucht, mich mit Maria in Verbindung zu setzen, konnte sie aber leider nicht erreichen." - „Herr Scholz, Holger Keller ist tot. Er wurde gestern ermordet in seiner Kirche aufgefunden. Es hat den Anschein, als hätte es der Täter darauf angelegt, es wie ein Selbstmord aussehen zu lassen. War Ihr Patient selbstmordgefährdet, trauen Sie ihm eine solche Tat zu?" Laurenz Scholz nahm die Nachricht fast unberührt zur Kenntnis, dann schüttelte er bedächtig den Kopf: „Nein, auf keinen Fall. Aber können wir uns darauf einigen, hier von meiner Patientin und von Maria zu sprechen?" Sascha nickte: „Hat Maria Ihnen gegenüber erwähnt, dass sie vor jemandem Angst gehabt hat. Wurde sie bedroht oder sogar schon angegriffen oder trachtete ihr sogar jemand nach dem Leben?" - „Sie hatte unheimliche Angst vor ihrem Vater. Ob sie jemand bedroht hat?" Der Psychologe seufzte: „Klar, Maria war Pfarrer. Eine Menge ihrer älteren Gemeindemitglieder war schockiert, dazu war sie in drei Schulen Religionslehrerin. Die Eltern haben sich bis zu den höchsten Stellen über sie beschwert und ihre Kinder nicht mehr in ihren Unterricht gehen lassen. Aber Morddrohungen gab es keine." - „Gab es in den Schulen noch andere Vorfälle, gab es sexuelle Übergriffe an Schülern?" Der Mediziner sah Sascha an und schüttelte bestimmt den Kopf: „Die Sexualität spielte bei Maria nie eine Rolle." - „Es soll bei einem Klassentreffen zu Übergriffen gegen Maria gekommen sein. Hat Maria Ihnen darüber etwas berichtet?" - „Das war während ihres Alltagstestes. Die Patientin musste sich über einen längeren Zeitraum hinweg im normalen Leben als Frau bewegen", erklärte Scholz: „Ich habe ihr geraten, den Kontakt zu diesen Personen abreißen zu lassen. Meines Wissens gab es danach keine weiteren Übergriffe mehr." Sascha wollte sich gerade verabschieden, als sein Mobiltelefon läutete, es war Ingo: „Hallo, Sascha, ich habe die Namen durch den Computer gejagt und jetzt halte dich fest, zwei von denen haben Selbstmord begannen, auf fast genau dieselbe Art wie unser Opfer. Und rate mal, was noch identisch war?" - „Rede!" erwiderte Sascha ungeduldig. „In den Abschiedsbriefen stand nur ein Wort: Schuldig." Sascha erinnerte sich an den Schriftzug an der Wand hinter dem Altar, geistesabwesend brabbelte er: „Dann haben wir es mit einem Serienmörder zu tun. Wissen wir, wo die noch lebenden drei Personen sind? Wir müssen sie unter Polizeischutz stellen." - „Ja, hab ich auch gesagt, nur Bergmann sagt, wir haben über die Feiertage nicht genug Beamte. Wir müssten auch noch Zeit haben, denn wenn es alles Morde gewesen sind , liegt genug Zeit zwischen den Verbrechen", erklärte Ingo. „Wann war das?" - „Nun, der erste Selbstmord war vor etwas über einem Jahr, der zweite vor ungefähr 3 Monaten, wieso? fragte Ingo. „Die Zeitabstände verkürzen sich." antwortete Sascha besorgt: „Wir müssen wissen, ob es nur Opfer in der Clique gibt, oder ob die ganz Klasse betroffen ist oder sogar die Schule. Ruf den Rektor an, lass dir die Klassenliste und Schülerakten von der Zeit geben, in der unsere Opfer dort Schüler waren. Und lass dir die Adresse vom Klassenlehrer geben. Dann alle überprüfen, zuerst die Klassenkameraden." - „Es ist Heiligabend 19 Uhr, ich kann doch nicht den Schuldirektor anrufen?" bemerkte Ingo verunsichert. „Das ist mir scheißegal, wenn er sich weigert zu kooperieren, stürme sein Haus und schleife ihn zusammen mit seiner unnötigen Weihnachtsgans aufs Revier. Weihnachten in Beugehaft, ein Spaß. Der wird kooperieren. Noch was, ruf noch einmal Karl an. Wir brauchen mehr Beamte. Erkläre ihm, was los ist, alleine kannst du unmöglich die ganzen Namen überprüfen", sagte Sascha in befehlendem Ton, aber auch etwas bedrückt, weil ihm klar war, dass er Karl vor fast unlösbare Probleme stellte. Erst jetzt bemerkte Sascha, dass er ohne es zu merken, laut geworden war und der Psychologe ihn entsetzt ansah, weil er jedes seiner Worte gehört hatte. „Karl ist in Leinsweiler, wir treffen uns später alle bei Heinz Mahler. Dann sag es ihm selbst. Ich werde mich daran machen, die Klassenliste zu bekommen. Bis später." Damit beendete Ingo das Gespräch. Sascha sah zu dem Mediziner, der immer noch mit halb offenem Mund dasaß: „Das, was Sie eben gehört haben, wird diesen Raum nicht verlassen! Verstanden?" sagte Sascha in drohendem Ton. Scholz nickte. „Eines noch", begann Sascha zögernd: „Kann sein, dass es jetzt nicht mehr so wichtig ist, aber an welchen Schulen war Maria als Religionslehrerin eingesetzt und wer sind bei diesen Häusern die Ansprechpartner?" Der Psychologe zuckte resigniert mit den Schultern: „Das kann ich Ihnen nicht sagen. Frau Keller kann Ihnen darüber sicherlich mehr sagen." Sascha bedankte sich dafür, dass sich Herr Scholz an Heiligabend für sie Zeit genommen hatte. Es war schon nach 19 Uhr, als sie die Praxis verließen. Jetzt war es finstere Nacht und trotzdem es war ungewöhnlich hell. Überall leuchteten Weihnachtsbäume, Sterne und tauchten die Fußgängerzone in ein schaurig schönes Lichtermeer. Aus vielen Fenstern vernahm er leise Weihnachtslieder, doch diese hingen Sascha zum Hals raus. Er sah betreten auf die Straße. In der kurzen Zeit, in der sie mit Scholz geredet hatten, waren weitere fast fünf Zentimeter Schnee dazugekommen und immer noch tanzten neue Flocken vom Himmel. Sascha raste in halsbrecherischer Geschwindigkeit nach Leinsweiler. Am Dorfbrunnen des kleinen Ortes trat er auf die Bremse und sah in die Mitte der unbefahrenen Kreuzung. Da stand Otto Hermann, Werners Boss und regelte den nicht vorhandenen Verkehr. Sascha ließ das Fenster runter und fragte: „Ich denke, du hast an Heiligabend frei?" - „Halt bloß dein Maul, dein Scheiß Bergmann ist der Meinung, dass hier unbedingt der Verkehr geregelt gehört. Und dass die Einsamkeit mir hilft darüber nachzudenken, was mein Job ist." - „Dann machst du ja mal was Sinnvolles." erklärte Sascha und fuhr mit wild durchdrehenden Reifen weiter, so dass Otto, völlig besudelt wurde und wie ein Schneemann aussah. Das Weihnachtsessen bei Heinz wurde ein echtes Erlebnis, ihr

Gastgeber wartete immer wieder mit neuen Schätzen aus seinem Weinkeller auf. Sascha fand es irritierend, Wein aus halbliter Gläsern zu trinken und Karl und Ingo weigerten sich überhaupt, Wein anzurühren, sie tranken demonstrativ Bier. Sascha vermied es geschickt, das Gespräch auf den Mord zu lenken. Erst als er von der Toilette zurückkam und ihm sein Boss entgegenkam, erklärte er: „Du, Karl, das ist eine Riesensauerei hier. Wahrscheinlich haben wir es mit einem Serienmörder zu tun. Dann diese Pressetussi, ich brauche Klaus hier. Werner ist gut und engagiert, nur das ist eine Nummer zu groß für ihn!" - „Klaus hat Urlaub, ich hab schon versucht, ihn anzurufen, es geht nur der Anrufbeantworter dran. Übrigens, bei dir zu Hause auch." Mit einem vorwurfsvollen Blick zwängte Karl sich an Sascha vorbei und verschwand in der Toilette. Zwei Stunden später torkelten Sascha, Karl und Ingo laut singend und sich gegenseitig stützend zu ihrem Hotel. Als sie an der Dorfkreuzung vorbeikamen, an der Otto immer noch pflichtbewusst seinen Dienst tat, formte Karl einen Schneeball. Das kalte Geschoss traf Otto mitten ins Gesicht: „Siehst du, Sascha, so wird das gemacht! Probiere es auch mal." Zur Belustigung seiner Freunde verzog Sascha die Würfe so weit, dass Otto um sicher vor Treffern zu sein, sich nur nicht bewegen musste. Otto war sichtlich verärgert über das, was die verhassten Städter da abzogen, aber Karl Bergmann war nun mal Polizeipräsident und wie weit seine Macht reichte, hatte er heute schon am eigenen Leib erfahren oder war gerade noch dabei. Als Sascha seine Hände vor Kälte nicht mehr spürte und sich zum wiederholten Male auf dem Hosenboden wiederfand, weil sein

Gleichgewichtssinn nicht mehr so recht mitspielen wollte, gab er frustriert auf. Karl fragte: „Hast du jetzt verstanden, was deine Pflichten als Polizist sind?" Otto sah seinen obersten Dienstherrn mit vor Zorn rotem Gesicht an. „Wirst du jetzt Sascha bei seinen Ermittlungen unterstützen?" fragte Karl weiter. „Ich werde alles tun, um die Ermittlungen voranzubringen." willigte Otto kleinlaut ein. „Gut, dann mach Feierabend. Feiere noch etwas mit deiner Familie. Bis morgen", erklärte Karl und meinte dann leise zu seinen beiden Begleitern: „Mit dem werden wir wohl keine Probleme mehr haben." Kurz nach Mitternacht gingen sie auf ihre Hotelzimmer. Alle außer Ingo, er hatte es erreicht, ohne Polizeigewalt an die Schülerliste zu gelangen und sogar den Klassenlehrer von Holger Keller und seinen Freunden hatte er herausgefunden. Jetzt machte er sich daran, die neuen Namen zu überprüfen.

IX

Ingo war völlig übernächtigt, als sie sich am nächsten Morgen am Frühstückstisch trafen. Karl ging zum Hotelbesitzer und erklärte ihm ohne Umschweife, dass er ihm das Gesundheitsamt auf den Hals hetzen würde, wenn die Zimmer am Abend nicht in einwandfreiem Zustand sein würden. Ingo berichtete kurz, was er herausgefunden hatte, es gab ein weiteres Opfer. Heiko Müller war, so berichtete Ingo, Mitte der Achtziger nach Australien ausgewandert und hatte dort den Nachnamen seiner Ehefrau angenommen, er war vor 6 Monaten auf die gleiche Art getötet worden wie die Opfer hier. Der einzige Unterschied, die Kollegen in Australien hatten das Verbrechen gleich als Mord eingestuft. Ingo berichtete, dass sie ihm die Unterlagen gemailt hatten und wie beeindruckend und professionell dort gearbeitet wurde. Dann bemerkte er zur Beruhigung aller, dass es keine Opfer außerhalb der Gruppe gab. Ein weiteres Problem war, wie er dann erläuterte, dass es kaum Berichte gab über die in Deutschland verübten Morde, sowohl die Kollegen in Karlsruhe, wo das erste Opfer starb, als auch die in Speyer waren von Selbstmord ausgegangen. Das Öffnen der Gräber würde voraussichtlich auch keine neuen Erkenntnisse mehr bringen und wäre auch erst im Frühling möglich, wenn der Boden nicht mehr gefroren wäre. Immerhin, so erzählte er, lebte die Kassenlehrerin noch. Die Dame wohne heute in einem Seniorenheim in Speyer, wäre 92 Jahre alt und nach Auskunft der Heimleitung ansprechbar. Nach dem Frühstück machten sich Sascha und Werner auf die gut 40 km lange Fahrt nach Speyer. Wegen des Brandanschlags auf die Heiliggeistkirche herrschten erhöhte Sicherheitsmaßnahmen. Schon als sie die Abfahrt von der zweispurigen Bundesstraße nahmen, wurden sie von Soldaten gestoppt und nach dem Grund ihres Besuches gefragt. Sascha sah begeistert zu der M16 und nahm sich vor, Karl bei ihrem nächsten Gespräch zu bitten, ihm auch eine Vollautomatik Waffe zu geben. Die Kleinstadt lag am Rhein und wäre unter anderen Umständen sicherlich einen Besuch wert gewesen. Staunend betrachtete Sascha die riesigen Flugzeuge, die im Technikmuseum ausgestellt und von der Straße aus gut sichtbar waren. Dann stellte er seinen Porsche auf den Parkplatz am Dom ab. Er und Werner gingen die restlichen Meter zu Fuß. Die rüstige Rentnerin wartete schon, als die Beamten die Vorhalle des schmucklosen Neubaus betraten. Die alte Dame kam freundlich lächelnd auf sie zu und zusammen setzten sie sich in der Cafeteria in eine Ecke, so dass ihnen nicht jeder Bewohner zuhören konnte. „Ich kann mich noch gut an die fünf erinnern." erklärte die ehemalige Lehrerin: „In meinen fast vierzig Jahren, in denen ich unterrichtet habe, hatte ich kein zweites Mal solche Schüler. Arrogant, brutal, anmaßend und skrupellos. Wer nicht zu ihnen gehörte, hatte kein schönes Leben. Das Ganze ging so weit, dass sie eine Klassenkameradin vergewaltigt haben sollen. Das Mädchen hat Selbstmord begangen und ihr Freund starb auch unter dubiosen Umständen bei einen Unfall, aber der Bande wurde nichts nachgewiesen." Sascha hatte einen trockenen Hals: „Schuldig, das stand an jedem der Tatorte. Kann sich der Mörder auf diese Vergewaltigung beziehen? Wer könnte deshalb einen

Grund sehen, sich zu rächen? Und warum hat er dreißig Jahre gewartet? Gab es noch andere, die einen Grund haben, sich zu rächen?" Die Rentnerin sah sie traurig an: „Wohl jeder, der mit ihnen zu tun gehabt hat, wir als Pädagogen haben völlig versagt." - „Wissen Sie noch, wie das Mädchen hieß? Wie ihre Eltern hießen, mit wem sie befreundet war, wo sie wohnten? Hat damals jemand Anzeige erstattet, wenn ja, wo, auf welcher Polizeiwache?" Die alte Dame, sah auf ihre Finger dann zu Sascha: „Laura Weiler, sie wohnte damals im Bahnhofsviertel. Sie kam aus eher einfachen Verhältnissen. Ihr Vater war Bernd Weiler, er war Lokomotivführer und selten zu Hause, Renate Weiler war die Mutter. Sie kümmerte sich um die drei Kinder. Die zwei älteren Geschwister von Laura waren aber nicht bei mir in der Klasse. Die Familie ist weggezogen, ich weiß nicht, wohin. Das muss Anfang 1982 gewesen sein." Die alte Dame wirkte jetzt sehr müde, Sascha versuchte es noch mit einfachen Fragen, musste aber einsehen, dass es keinen Sinn mehr machte, die alte Dame weiter zu quälen, sie verabschiedeten sich und sagten, dass sie nochmal vorbeischauen würden, falls sie noch weitere Fragen hätten. Sascha war froh, als sie das Altersheim verlassen hatten, er rief Ingo an und erklärte ihm, dass er noch eine Familie Weiler suchen musste, die 1982 in Anweiler gewohnt hatte. Sascha beschloss, wenn sie schon mal in der Stadt waren, auch gleich wegen ihres zweiten potentiellen Mordopfers Erkundigungen einzuholen. Dies bot sich an, da die Polizeiwache in direkter Nähe zum Dom lag. Sascha hatte Glück, der Beamte konnte die Akte mit der Aufschrift 'Peter Lebedew' finden und überreichte sie ihm. Sascha las und sah bei der Tatortbeschreibung auf: „Ihren Kollegen ist bei dem Zettel auf dem Schreibtisch mit dem Wort „schuldig" nicht in den Sinn gekommen, dass es sich vielleicht nicht um Selbstmord handelt? Hielten Sie das für normal?" - „Halten Sie Selbstmord für normal?" erwiderte der junge Beamte keck: „Der Zettel wurde als Art Abschiedsbrief verstanden und ist in dieser Form nicht ungewöhnlich. Dazu konnte der Arzt keine Gewalteinwirkung feststellen. Wenn er ermordet wurde, dann hat der Täter keine Spuren hinterlassen und das Opfer dazu gebracht, sich selbst aufzuhängen." - „Wie hieß dieser Arzt? Wo ist der? Können wir mit ihm sprechen?" Der Beamte schrieb eine Telefonnummer auf einen Zettel und gab diesen Sascha: „Das Krankenhaus ist nur 500 Meter entfernt neben der Bundesstraße. Rufen Sie besser vorher an, damit Sie nicht umsonst hinfahren." Sascha tippte auf die Akte: „Die nehme ich mit." Sascha deutete die Geste des Beamten als: „Geh mit Gott, aber geh oder tue, was du nicht lassen kannst." Vor der Wache nahm Sascha sein Mobiltelefon und rief die Nummer an. Es meldete sich eine freundliche Stimme, die ihm mitteilte, dass ihr Chef gerade aus dem OP gekommen sei und sich umziehe. In einer viertel Stunde hätte er Zeit für sie. Sascha, der sich zwar wunderte, dass an Feiertagen operiert wurde, beendete das Gespräch und entschloss sich, die kurze Strecke zu laufen. Das Krankenhaus war in keinem guten Zustand, das Gebäude alt, das Inventar verschlissen und die Wände brauchten einen neuen Anstrich. Der Arzt, der sie mit festem Handschlag begrüßte, war erschreckend blass, höchstens dreißig Jahre alt und fast zu einem

Geripppe abgemagert. Tief schwarze Ränder unter den Augen zeigten, dass er wohl mehr als eine Doppelschicht in diesem Haus geleistet hatte. Er steckte sich eine Zigarette an, führte sie in eine schmucklose Kantine, wo ihnen eine unfreundliche Dame drei Kaffee eingoss, nicht ohne nochmals, wie sie betonte, zu erinnern, dass im ganzen Haus Rauchverbot herrschte. Der Mediziner führte die Beamten an einen schmuddeligen Tisch im hintersten Eck des menschenleeren Raumes und Sascha holte die Akte hervor und legte sie vor den Arzt auf den Tisch. „Peter Lebedew, las der Mediziner laut." Dann schlug er die Akte auf. Wortlos starrte er auf die Seiten des Berichtes. Dann schüttelte er den Kopf, nahm sein Haustelefon und tippte eine Kurzwahl ein. „Marion, bringen Sie mir die Akte Lebedew, Peter. Müsste in Schrank 3 sein. Ich bin in der Cafeteria." - „Stimmt etwas nicht?" fragte Sascha, dessen Neugier jetzt geweckt war. „Ich kann mich nicht mehr genau erinnern, aber ich meine, in meinem Bericht." Der Mediziner rieb sich die Schläfen, dann drückte er seine Zigarette auf dem Tablett aus und zündete sich sofort die nächste an: „Warten wir, bis der Bericht da ist." Wenige Minuten später brachte eine Nonne eine dünne Akte und übergab sie dem Arzt. Rauchend las er, bis er triumphierend mit dem Zeigefinger auf eine Stelle tippte, dann drehte er den Bericht zu den Beamten um. „Lebedew war betrunken?" fragte Sascha. Der Mediziner nickte: „3,5 Promille, und seine Leberwerte waren in Ordnung. Ich habe Ihren Kollegen damals gesagt, dass er nicht mehr in der Lage gewesen sein dürfte, sich zu erhängen. Wahrscheinlich konnte er nicht einmal mehr aufstehen." - „Dürfen wir die mitnehmen?" -

„Gerne, ist nur eine Kopie", erwiderte der Arzt, im Gehen rief Sascha die Polizeiwache in Speyer an. Er hatte wieder den gleichen Beamten dran: „Was soll der Scheiß? Lebedew war volltrunken!" - „Lebedew, klingt russisch. Die trinken schon zum Frühstück Wotka" Nach einem kurzen Austausch von Meinungen, was sie voneinander hielten, legte der Speyerer Kollege einfach auf. Sascha rief Bergmann an, informierte ihn über die neuen Erkenntnisse und kündigte an, dass sie auch nach Karlsruhe fahren würden, um dort vor Ort den Sachverhalt zu klären. Aber zuerst brauchte Sascha nach der Aufregung eine Stärkung. Sie waren gerade am Marktplatz in ein kleines Lokal eingekehrt und hatten ihr Essen bestellt, als Ingo schon zurückrief. Er hatte über den Arbeitgeber, die Deutsche Bahn, den neuen Wohnort in Erfahrung gebracht. Herr und Frau Weiler wohnten nun in Bad Dürkheim. Sascha musste nach dem Essen allein dort hinfahren, weil sich sein älterer Kollege nicht wohl fühlte. Auf der Fahrt machte sich Sascha so seine Gedanken, wie der Rächer wohl aussehen mag, oder ob der Vater des Mädchens nicht schon zu alt sei. Das war das ganze Problem an diesen Fall: „Warum erst jetzt, warum so spät?" Sascha klingelte bei dem kleinen Reihenhaus am Stadtrand und eine alte Dame in Kittelschürze öffnete die Tür. „Sascha Weber, Polizei. Ich würde mich gerne mit Bernd und Renate Weiler unterhalten." - „Dann kommen Sie herein." Die Dame ging vor, am Küchentisch saß ein alter Mann, er reagierte nicht auf Sascha. „Das ist mein Bernd, Demenz. Er nimmt seine Umwelt nicht mehr wahr." Sascha versuchte, sich seine Enttäuschung nicht anmerken zu lassen, aber damit hatte er nicht gerechnet. „Ich komme wegen der Ereignisse von vor dreißig Jahren in Anweiler. Irgendjemand rächt sich an den Beteiligten von damals." - „Gut so!" funkelte die alte Dame Sascha an: „Der sollte einen Orden dafür bekommen!" Sascha wich zurück, er erkannte den Hass in den Augen seiner Gesprächspartnerin. „Diese Monster haben zu fünft meine kleine Laura vergewaltigt, wollen Sie wissen, wie das war?" Sascha wandte sich ab, er ging ein paar Schritte zum Wohnzimmerschrank, besah sich die kleinen gerahmten Fotos. „Ihnen ist bewusst, dass Selbstjustiz in unserer Gesellschaft nichts zu suchen hat." Sascha nahm eines der Fotos, auf dem ein junges Mädchen mit einem Jungen zu sehen war und drehte sich zu seiner Gesprächspartnerin um: „Wenn die schuldig sind, dann bekommen sie ihre gerechte Strafe! Es ist Aufgabe unseres Rechtsstaates, dafür zu sorgen, dass Täter ihre gerechte Bestrafung bekommen." Die greise Frau lachte freudlos, wobei es eher wie ein Husten klang. Sascha ließ sich hiervon nicht aus dem Tritt bringen, er zeigte auf das Foto in seiner Hand: „Ist das Laura? Wer ist der Junge? Hat Laura einen Bruder?" Die Frau ging zu Sascha, nahm ihm das Foto aus der Hand und drückte es ganz fest an ihre Brust. Dann zischte sie: „Ja, das ist meine Laura und ihr Freund Thomas, auch ein Opfer ihres tollen Rechtsstaates!" Sie stellte das Foto zurück und öffnete eine Schublade, sie entnahm ein kleines in Leder gebundenes Buch und drückte es Sascha in die Hand. „Das sollten Sie lesen! Bevor Sie sich auf die Seite dieser Schweine stellen. Jetzt gehen Sie besser, jemand, der denen helfen will, ist bei uns im Haus nicht willkommen." Sascha hätte gerne etwas erwidert, er hätte gerne gefragt, wer Thomas war, wie er hieß, ob er noch lebende Verwandte hatte. Aber er nahm das kleine Büchlein und schlich wie ein geprügelter Hund nach draußen. Er fuhr zu einem kleinen Café, bestellte einen Latte Macchiato und begann zu lesen. Als er zu dem verhängnisvollen Tag kam, stockte ihm der Atem. Wie in Trance las er, was fünf volltrunkene Halbwüchsige dem Mädchen antaten, wie sie von ihrer besten Freundin Tanja verraten wurde, wie ihr Freund, ein Thomas, versucht hatte, Anzeige zu erstatten, weil sein eigener Vater, der Polizist gewesen war, nicht die Courage gehabt hatte, in diesem Fall etwas zu unternehmen. Sascha war erleichtert, dass er nicht noch einmal zu Lauras Mutter fahren musste, um die Namen zu erfahren. Er nahm seinen Block und notierte die Namen von Thomas und dessen Vater. Dann rief er Ingo an, dieser sollte herausfinden, wo dieser Polizist heute lebte. Sicherlich war er schon lange in Pension, was Ingo die Arbeit nicht erleichtern würde. Sascha konnte nicht ahnen, dass Ingo gerade ganz andere Probleme hatte. Der Tag hatte gut angefangen, Bergmann hatte ihm ein paar Räume im alten Rathaus am Marktplatz organisiert, die sie als Einsatzzentrale nutzen konnten. Ingo hatte schnell seinen Laptop angeschlossen und hatte jetzt zu seiner Erleichterung und zum schnelleren Arbeiten wieder Lan-Verbindung zum Internet und zu den Datenbanken der Landespolizei. Heinz half Ingo, er tätigte Telefonate und sah Kisten mit Schülerakten durch, die ein freundlicher Lehrer extra aus Anweiler gebracht hatte. Aber jetzt wurde es ungemütlich, auf dem Dorfplatz versammelten sich immer mehr Anwohner, auch aus den umliegenden Ortschaften, gemischt mit gewaltbereiten Chaoten. Martina Stein hatte sich inzwischen auf den Rand des Dorfbrunnens gestellt und heizte die Meute mit hirnlosen Parolen an. Heinz, der sich als Freund und Förderer von Maria verstand, reichte es, er trat aus dem Rathaus inmitten der Demonstranten. Er hörte, wie Martina in ihr Megafon brüllte: „Wie lange dürfen die ungestraft das Leben unserer Kinder aufs Spiel setzen? Wie lange deckt die Kirche noch Entscheidungsträger, die solche Monster auf unsere Familien loslässt?" Heinz Mahler trat direkt vor sie und rief mit einer für einen über achtzigjährigen erstaunlich kraftvollen Stimme: „Sie sind das Monster, Sie versprühen hier Angst und Wut. Maria hat die Lügen, die Sie hier verbreiten, nicht verdient! Sie war eine gute Pastorin und ich habe sie eingestellt." Auf dem Platz konnte man für den Bruchteil einer Sekunde eine Stecknadel fallen hören, dann brach ein aggressiver Demonstrant aus der Menge. Mund und Nase des jungen Mannes waren mit einem schwarzen Tuch bedeckt, seine Augen verbarg er unter einer getönten Sonnenbrille, eine dunkle Wollmütze machte die Tarnung perfekt. „Du Schwein!" Der erste Schlag schleuderte Heinz von den Beinen, der Greis schlug auf dem Kopfsteinpflaster auf, doch der wütende Angreifer ließ nicht ab, immer wieder trafen den alten Mann die schweren Springerstiefel, deren weiße Schnürsenkel sich vom Blut des Opfers langsam rötlich färbten. Die Menge geriet in Panik, einige riefen: „Er bringt ihn um!" Die anderen feuerten den Angreifer an. Martina ließ ihren Kameramann heranzoomen und brüllte ins Mikrofon: „Das ist des Volkes Zorn." Das sind ganz normale Familienväter, Eltern wie Sie und ich" Ingo stürmte aus der Einsatzzentrale, die Dienstwaffe im Anschlag. Er schoss einen Warnschuss in den Himmel und wieder stand die Zeit auf den kleinen Marktplatz in dem winzigen 500 Seelen Dorf für einen Moment still. Dann zielte er auf den Angreifer, der wie vom Donner gerührt, innehielt. „Hände hinter den Kopf und auf den Boden legen!" brülle Ingo. Als der Schläger in Handschellen auf die Beine gezogen und demaskiert wurde, konnte jeder live sehen, wer „des Volkes Stimme" war, ein 19jähriger Skinhead, mit einem Vorstrafenregister , das dem von Al Capone in nichts nachstand. Auf den jetzt blutverschmierten Fingerknöcheln waren Hakenkreuze tätowiert und den muskulösen Nacken zierten SS Runen. Martina Stein sah, wie ihr Kameramann die Nazisymbole filmte und wusste, dass ihre Laufbahn beim Fernsehen hiermit zu Ende war. Frustriert sank sie am Brunnenrand in sich zusammen. Der Kirchengemeinderatsvorsitzende wurde mit einem Rettungshelikopter ins nahegelegene Krankenhaus nach Bad Bergzabern geflogen. Er war nur leicht verletzt. Bis auf eine gebrochene Nase und eine böse aussehende Platzwunde über der Augenbraue war nichts passiert. Sascha stand in Karlsruhe auf verlorenem Posten. Dass es den Kollegen in Baden- Württemberg ähnlich ging, lag auf der Hand. Auch sie schoben Überstunden und Urlaub vor sich her, aber dass eine ganze Hauptwache in einer Großstadt sozusagen verweist war, das kannte auch Sascha noch nicht. Es gab nur einen Beamten und Sascha wusste sofort, warum es dieser war, der am ersten Weihnachtsfeiertag Dienst machen musste. Er wusste nichts, hatte keine Ahnung und hatte auch keinen Plan, wie er das ändern könnte. Nachdem der völlig ratlose Beamte mit seinen Vorgesetzten telefoniert hatte, konnte er Sascha wenigstens den Namen des Arztes und dessen Krankenhaus nennen. Aber auch das war eine Sackgasse, der Mediziner war über Weihnachten in der Südsee. Der Klinikchef versprach aber, ihm eine E-Mail zukommen zu lassen. Sascha fuhr, so schnell es die widrigen Straßenbedingungen zuließen, zurück nach Leinsweiler. Ihm war es unbegreiflich, wie hier in der Rheinebene wegen etwas Schnee der Verkehr völlig zum Erliegen gekommen war, während es in anderen Teilen der Republik niemanden zu stören schien. Er war sehr genervt, da heute anscheinend nichts, was er anpackte, gelingen wollte. Karl Bergmann indes, der schon am Morgen nach Hause gefahren war, versuchte schon seit Stunden Kollegen zu überreden von ihrem Urlaub zurückzutreten. Die meisten gingen gar nicht erst ans Telefon und die wenigen, die er erreichte konnte, wollten nicht. Das Ganze war deshalb so fatal, weil viele der Polizeibeamten wegen der Personalkürzungen in den vergangenen Jahren nicht dazu gekommen waren, ihren Urlaub zu nehmen, jetzt musste der Resturlaub aus 2009 genehmigt werden. Karl hatte als Polizeichef schon genug Ärger mit ihrer Gewerkschaft, um zu wissen, dass er sich in diesem Fall besser nicht mit denen anlegen sollte. Karl beschloss, erst mal Pause zu machen, er hoffte, dass sein Lieblingschinese auch an Weihnachten geöffnet sein würde. Die hundert Meter lief er trotz Schneeregens zu Fuß. Erleichtert stellte er fest, dass in dem kleinen Stehimbiss Licht brannte. Er rannte beinahe einen Spendensammler um, der vor der Tür mit seiner Sammelbüchse stand. Karl las das Namensschild, Axel

Bernhardt, Gewerkschaftsbund. Der Polizeichef konnte sich gerade noch zusammenreißen, um nicht gleich zuzuschlagen. „Nicht so hastig. Wollen Sie nicht auch einen Beitrag zu gerechteren und besseren Arbeitsbedingungen leisten?" Karl dachte daran, wie viel weniger Stress er ohne Typen wie ihn hätte und seine Hand ging zu seinem Schulterholster und ermöglichte seinem Gegenüber einen Blick auf seine Dienstwaffe: „Würde ich gerne, aber ich darf euch nicht töten. Leider verboten." Karl grinste und ließ das Jackett wieder über die Waffe rutschen. Dann ging er gemächlichen Schrittes an dem kreidebleichen Gewerkschaftler vorbei. Jetzt würde ihm die Ente süß-sauer gleich doppelt so gut munden. Karl tauchte gerade seine Plastikgabel in das dampfende Essen, als dieser Bettler im Gewerkschaftsauftrag mit zwei Streifenpolizisten in den Gastraum trat. Gelangweilt sah Karl zu seinen Untergebenen, die, wie er an deren Blicken bemerkte, ihn sofort erkannt hatten.. „Das ist der Typ", hörte Karl diesen Axel sagen. „Herr Bergmann, hat Sie dieser Kerl belästigt?" Karl sah zu dem Beamten: „Ja, locht ihn ein wegen Erregung öffentlichen Ärgernisses." Karl widmete sich seinem Essen und hörte nur noch, wie der junge Gewerkschafter festgenommen wurde. Ingo Holzer war wegen der dramatischen Ereignisse vor ihrer Einsatzzentrale mit der Suche nach dem Vater von Thomas keinen Meter vorwärts gekommen. Der Vater von diesem Thomas, wenn er jemals Polizist gewesen war, so war er jetzt wie vom Erdboden verschluckt. Ingo hatte sich schon daran gemacht, die vorzeitig ausgeschiedenen, die unehrenhaft entlassenen, die im Dienst oder während der Dienstzeit

Verstorbenen und die in ein anderes Bundesland Versetzten zu durchforsten. Ingo erklärte sich das damit, dass es damals auf dem Land meist noch keine Computer gegeben hatte und wahrscheinlich nicht alle Akten digitalisiert worden waren. Er kündigte an, dass er am Abend nach Mainz fahren und die dort gelagerten Akten durchforsten würde. Ingo sah nach der durchgearbeiteten Nacht fürchterlich aus, aber Sascha wusste, dass er ihn nicht umstimmen konnte und bot ihm für den Abend seinen Dienstporsche an.

X

Sascha hatte von Ingo die Adresse erfahren, unter der Marco Heid
heute lebte und nach allem was er in Lauras Tagebuch über diesen
Zeitgenossen erfahren hatte, brannte er darauf, ihn
kennenzulernen. Nachdem sich Werner für den restlichen Tag
krank gemeldet hatte und Ingo mit Recherchen voll ausgelastet
war, kam Otto mit. Der war nach seinem nächtlichen
Spezialauftrag und der Aussicht auf Degradierung und
Lohneinbußen voller Tatendrang. Marco wohnte nur drei
Kilometer entfernt von Leinsweiler im Nachbardorf Ranschbach.
Dieser Ort erfuhr Anfang der Achtziger überregionale
Berühmtheit, als eine große deutsche Tageszeitung von einer
heilenden Quelle berichtete. Zeitweise kamen täglich Tausende,
um das Wunderwasser zu kaufen. Als todkranke und alte
Menschen beim stundenlangen Warten zu Tode kamen, wurde
die Quelle 1983 kurzerhand gesperrt. Ansonsten hatte der Ort
nichts zu bieten und hätte es diese kurze Phase des Ruhms nicht
gegeben, würde man nicht einmal im nur zehn Kilometer
entfernten Landau jemals von dem 800 Seelendorf gehört haben.
Herr Heid wohnte in einer schmucken Villa am Waldrand,
umgeben von einem hohen Zaun, von den Blicken etwaiger
Passanten oder neugieriger Nachbarn weitestgehend abgeschirmt.
Alles roch hier nach Geld und wie Otto mit sehr viel Verachtung
in der Stimme Sascha erklärte, hatte Marco Heid in seinem
ganzen Leben noch nie einen Finger krumm gemacht. Zwar hatte
er in der Jugend recht ärmlich gelebt, doch dann hatte sein Vater

in Aktien investiert und genau aufs richtige Pferd gesetzt. Der Vater starb vor 25 Jahren und hinterließ seinem einzigen Sohn ein Vermögen, das ein einzelner Mensch im Leben nie ausgeben könnte. Sascha läutete an dem prunkvollen Eingangstor und leise schwangen die riesigen Torbögen nach außen auf. Er lenkte seinen Porsche in die Einfahrt und hinter ihnen schloss sich das Tor. Auf dem Platz vor dem Haus war ein Brunnen, zwei Engel spuckten Wasser. Die Villa selbst glich mehr einem Schloss als einem Wohnhaus, kleine Türme, reich verzierte Wände und Säulen, die einen riesigen Balkon stützten. Im Eingang der Villa stand eine gutaussehende Blondine mittleren Alters. Sie war leger bekleidet, unter dem Schlabberpullover konnte man den flachen Bauch erahnen. Als Sascha und Otto ihren Wagen abgestellt hatten, kam die Hausherrin freundlich lächelnd die wenigen Stufen herab. Sie umarmte Otto herzlich: "Was führt dich her?" - "Ist leider dienstlich, ist Marco da? Wir müssten mit ihm reden", sprach Otto im vertrauten Plauderton. "Marco, nein. Ich sehe ihn immer seltener. Oft ist er den ganzen Tag weg und er sagt mir nicht mal, wo er ist oder was er tut. Ich glaube, er hat eine Andere", antwortete sie mit belegter Stimme. "Niemals. Was Besseres als du konnte dem Tagedieb doch gar nicht passieren", versuchte Otto Melanie Heid zu beruhigen. Sascha mischte sich ein: "Frau Heid, wir müssen unbedingt mit Ihrem Mann reden, es kann sein, dass sein Leben in Gefahr ist." Die Frau sah Sascha erschrocken an: "Wieso? Marco hat doch niemandem etwas getan. Wer sollte ihm was antun wollen?" Sascha dachte an das, was er vor wenigen Stunden im Tagebuch eines jungen Mädchens gelesen hatte und wollte am liebsten laut loslachen, ein Blick zu seinem Kollegen verriet ihm, dass der ahnte, was ihm durch den Kopf ging. In diesen Moment zerriss ein lauter Knall die Stille, erst glaubte Sascha an eine Fehlzündung. Dann ein zweiter Knall, vor ihnen spritzte der Kies auf, Otto riss die Frau hinter den Porsche in Deckung, Sascha warf sich hinter einen Blumenkübel, der näher zu ihm stand: "Der Arsch schießt aus dem Wald", brüllte Sascha seinem Kollegen zu, während er seine Pistole durchlud. Sascha sah im Zaun eine kleine Tür, die auf der Hausrückseite zum Grundstück führte. "Ist die offen?" rief er Melanie Heid zu und zeigte mit dem Lauf zur Tür. Sie nickte. Sascha wandte sich wieder an Otto: "Wenn ich jetzt losrenne, dann jagst du dein komplettes Magazin in Richtung des Schützen, feuere auf alles, was sich bewegt. Dann rufe Hilfe, wir brauchen Unterstützung." Sascha sprang auf und rannte im Zick-Zack zur Tür, im selben Moment hörte er, wie sein Kollege das Feuer eröffnete. Es waren minus 5 Grad an diesem Dezembertag, aber als Sascha endlich draußen war und in Deckung, schwitzte er, als hätte er gerade einen Marathon unter zwei Stunden absolviert. Sascha hoffte, dass er am Zaun entlang zum Waldrand schleichen und den Schützen überraschen konnte. Geduckt, mit der Waffe im Anschlag, schlich er den Zaun entlang und erreichte unbemerkt den Waldrand. Sascha schlich so leise er konnte durchs Unterholz und dann sah er ihn: er lag 50 Meter vor ihm, die Langwaffe im Anschlag. In diesem Moment wusste er, dass er ihn auch gesehen hatte, denn der Lauf zeigte auf ihn. Sascha erstarrte. "Waffe fallenlassen!" rief der Angreifer und Sascha gehorchte. Der

Schütze stand auf, den Lauf immer noch auf Sascha gerichtet: "Mach keine Dummheiten, ich will nur Marco, von euch will ich nichts." Dann schoss er. Sascha schrie auf, aber er spürte keinen Schmerz und als er die Augen öffnete, sah er seine Pistole zertrümmert vor sich, der Angreifer hatte mit einem gezielten Schuss seine Dienstwaffe zerstört und rannte jetzt tiefer in den Wald, weg von Sascha und der Villa. Sascha überlegte, ob er dem Angreifer folgen sollte, die Spuren im Schnee waren gut sichtbar, allerdings ohne Waffe war dies Selbstmord. Aber dann, er wusste nicht warum, rannte er los, ab und an konnte er den Flüchtenden sehen. Äste schlugen Sascha ins Gesicht und mehrfach stolperte er, konnte sich aber im letzten Moment auf den Beinen halten. Dann eine große freie Fläche, der Flüchtende nur fünfzig Meter entfernt. Jetzt würde er ihn fassen. Zu spät erkannte er, dass ihm auf dieser Lichtung nichts Deckung gab. Das bemerkte er, als sich der Flüchtende zu ihm wendete und schoss. Sascha warf sich zu Boden, krachende und knackende Geräusche fuhren ihm durch Mark und Bein, was Sascha für eine Lichtung gehalten hatte, war ein See. Sascha sah auf und erkannte, dass der Schütze sich rückwärtsgehend vom See herunter bewegt hatte, dann sah er erneut Mündungsfeuer. Sascha schrie in Panik auf. Er hörte, wie die Geschosse unweit von ihm ins Eis schlugen. Gefolgt von einem ohrenbetäubenden Krachen, das Eis unter seinem Körper zerbrach und er tauchte ins eiskalte Wasser ein.. In Panik strampelte er, versuchte, sich am Rand festzuhalten. Sascha bekam keine Luft mehr, es fühlte sich an, als würde irgendetwas seinen Brustkorb zusammendrücken. Er versuchte, etwas auf der

Eisoberfläche zu greifen, an dem er sich aus seiner misslichen Lage hätte herausziehen können, aber da war nichts. Langsam verließ Sascha die Kraft, ihm wurde bewusst, das er wohl vor der Ohnmacht stand. Arme und Beine wurden schwer, das Gewicht seiner durchnässten Kleider zog ihn wie Blei nach unten, dann hörte er eine Stimme, weit in der Ferne: „Das Wasser ist nur einen Meter tief, Idiot." Sascha setze die Füße auf, er konnte wirklich in dem flachen Wasser stehen. Tropfnass und zitternd schleppte er sich zurück zum Ausgangspunkt der Verfolgung. Dort stand ein alter Herr mit Flinte, sein Dackel sah Sascha angriffslustig an. „Haben Sie nicht gelesen? In dem See ist Baden verboten", erklärte der Alte und zeigte auf ein Schild, das Sascha zuvor gar nicht bemerkt hatte. „Ich wollte nicht schwimmen." rechtfertigte sich Sascha. „Gut, Betreten der Eisfläche ist auch verboten. Sie haben es nicht so mit dem Lesen?" - „Wer bist du? Der Dorfclown?" fragte Sascha verärgert. „Nein, der Jäger." - „Haben Sie jemanden gesehen, eine zweite Person?" Der Jäger schüttelte den Kopf, Sascha ließ sich die Personalien geben, dann rannte er zurück, er fror. Auf dem Rückweg kam er an den Trümmern seiner Dienstwaffe vorbei, ein weiterer Beweis seines Scheiterns und er dachte wehmütig daran, wie viel Schreibarbeit diese Aktion jetzt kosten würde. Er war gerade zurück bei seinem Wagen, als die Verstärkung mit Blaulicht eintraf. Sascha besah sich die Fahrertür und hätte am liebsten geweint, als er die drei Einschusslöcher im Blech sah. Warum musste es ausgerechnet seinen Porsche treffen, hier war genug, was der Schütze hätte treffen können, diesen fürchterlichen Engelsbrunnen zum Beispiel. Zu seinem Glück konnte ihm Frau Heid mit einer wärmenden Dusche und Ersatzkleidung helfen. Wieder hergestellt, trat er eine halbe Stunde später aus der Villa und nahm seine Ersatzwaffe aus dem Handschuhfach, dann gingen Sascha, Otto und zwei uniformierte Kollegen in den Wald. Der Rächer rannte durch den Wald, hier war er zu Hause, hier war er unschlagbar. Er konnte sich noch gut an seine Kindheit erinnern, tagelang war er hier in den Wäldern herumgestreift. In seinem Kopf waren tausend Gedanken, wo war Marco? Hatte sich dieser Pfarrer wirklich getraut, ihn noch in Todesangst anzulügen? Und warum war die Polizei da, war er verraten worden? Hatte ihn womöglich sein Helfer verraten? Er verwarf den Gedanken, sie hatten beide das selbe Ziel. Der Rächer war durchtrainiert und so rannte er die 6 Kilometer über die zwei Berge ohne Unterbrechung. Er saß schon in seinem dunklen Raum und plante seine weiteren Schritte, als vier Polizisten in Ranschbach losliefen, vorsichtig und immer auf der Hut vor einem Hinterhalt. Kurz hinter dem See endete die Spur im Nichts. Die Beamten teilten sich auf, aber es gab keinen Hinweis, wo der Schütze hingelaufen sein könnte. Frustriert, mit durchnässten Schuhen, kehrten sie zur Villa zurück. Sascha stand bei seinem Porsche, während die uniformierten Kollegen sich daran machten, die Umgebung, von wo der Schütze geschossen hatte, abzusperren und auf die Spurensicherung warteten. Sascha nutzte die Zeit und rief bei seinen Kollegen Ingo an. Er erlebte eine Überraschung, als er sich nach dem Aufenthaltsort der zweiten noch lebenden Person erkundigte. „Sascha, mir ist ein Fehler unterlaufen. Es gibt zu viele Tanja Bayers", versuchte sich Ingo kleinlaut zu rechtfertigen. „Spinnst du?" brüllte Sascha so laut ins Telefon, dass sich alle erschrocken zu ihm umsahen, dann fuhr er leiser mit fast zischendem Ton fort: „Hier rennt ein Wahnsinniger rum, der nicht davor haltmacht, auf Polizisten zu schießen. Der sich wahrscheinlich an jedem auf diesem gottverdammten Foto rächen will und du sagst mir, dass es dir nicht möglich ist, die Frau zu finden, damit wir sie schützen können? Was kannst du mit deinem Computer überhaupt? Wenn die Frau stirbt, ist es alleine deine Schuld! Nur deine!" - „Ich hab hier am Laptop nicht alle Möglichkeiten", antwortete Ingo und Sascha konnte hören, wie er mit den Tränen kämpfte. „Otto bringt dir den Porsche, fahr nach Mainz, tue was immer du tun musst, aber finde diese Frau!" Damit beendete Sascha das Telefonat. Sascha sah im Augenwinkel, wie sich Sanitäter um Melanie Heid kümmerten, ihr eine Infusion anlegten, durch die eine durchsichtige Flüssigkeit tropfte. Sascha wählte die Nummer seines Freundes und Polizeichefs Karl Bergmann: „Hallo Karl", meldete sich Sascha, ohne erst abzuwarten, dass sich der Angerufene meldet: „Hier bricht gerade alles zusammen. Der Mörder hat gerade auf mich und meinen Kollegen geschossen. Ich brauche hier Beamte, die die bedrohten Personen schützen müssen. Und ich brauche einen Partner, auf den ich mich verlassen kann!" - „Ich versteh dich, Sascha", versuchte Karl seinen Freund zu beschwichtigen: „Aber ich kann die Mitarbeiter nicht zwingen, ihren Urlaub abzubrechen und selbst wenn, gehen sie nicht ans Telefon. Und die Gewerkschaft macht mir die Hölle heiß." - „Karl, 3 Morde! Ein

Wahnsinniger, der um sich schießt! Und ich sitze hier mit einem Bürohengst, der weint, weil er nicht an seinen Rechner in Mainz ran kann, einem alten Tattergreis, der offenbar nicht drei Meter laufen kann, ohne eine Krankmeldung abzugeben und einem Dorfsheriff, der..." Sascha sah ungläubig zu den Sanitätern, die jetzt auch Otto einen Tropf angelegt und ihn auf eine Trage gelegt hatten: „Warte mal kurz, ich muss schnell was erledigen", erklärte Sascha, sprang aus dem Auto und ging zu dem auf der Trage liegenden Kollegen: „Was glaubst du, was du bist, du simulierendes Stück Scheiße!" brüllte Sascha so laut, dass sich wieder alle Beamten nach ihm umsahen. Der Notarzt, der sich gerade um Otto kümmerte, stand auf und stellte sich schützend vor seinen Patienten: „Der Mann hat einen Schock!" Mehr konnte er nicht mehr sagen, weil Sascha ihn mit voller Wucht aus dem Weg und an den Krankenwagen stieß. Dann trat er wutentbrannt Otto von der Trage, der sich jaulend und vor Schmerzen krümmend im Schnee wiederfand, Sascha beugte sich über sein Ohr und brüllte, so laut er konnte: „Wenn du nicht augenblicklich deine Arbeit erledigst, brauchst du wirklich einen Krankenwagen! Hast du mich verstanden?" Der am Boden kauernde Otto grunzte etwas Unverständliches. „Hast du mich verstanden?" brüllte Sascha noch lauter und Speicheltropfen flogen auf Ottos Ohr und Backe. Otto zitterte am ganzen Leib und kaum vernehmbar stammelte er: „Ja.. ja, habe ich." Sascha richtete sich auf, trat nochmal seinen Kollegen in den Unterleib und zischte voller Verachtung: „Dann ist ja gut", wendete sich ab und ging zurück zu seinem Auto, um das Gespräch mit seinem Vorgesetzten weiterzuführen. Karl, der fast alles am Telefon hatte mithören können, fragte resigniert: „ Hast du wieder Mist gebaut?" - „Ich hab deinen Job gemacht! Mitarbeiter motiviert." Sascha überlegte kurz, ob er seinem besten Freund so in den Rücken fallen könne, aber er hatte keine andere Wahl und er war sich sicher, dass Klaus ihn verstehen würde, also sagte er: „Du weißt doch noch, dass Klaus und ich mit unseren Familien zwischen den Jahren in dieses 3 Sterne Sporthotel in den Bayrischen Wald fahren wollten? Das Prospekt liegt in meinem Schreibtisch in der obersten Schublade, ruf dort an. Erkläre Klaus, was hier los ist und sage ihm, dass ich ihn brauche." - „Gut, mache ich." - „Ich schicke dir ein Foto von Marco Heid, schreib ihn zur Fahndung aus, die Kollegen sollen ihn in Schutzhaft nehmen, sein Leben ist in ernsthafter Gefahr." - „OK, ist schon erledigt, sobald ich das Foto habe", bestätigte Karl. Dann beendete Sascha das Gespräch und ging zurück zum Krankenwagen. Sascha war jetzt ganz ruhig, der Notarzt versuchte halbherzig, sich ihm in den Weg zu stellen, er beachtete ihn gar nicht. Er warf Otto den Autoschlüssel zu: „Fahr den Porsche zu Ingo." Otto sah sehnsüchtig zu Melanie, dann stieg er in den Boliden und fuhr in Richtung Leinsweiler ab. Dann wandte sich Sascha Frau Heid zu: „Ich brauche ein aktuelles Foto von Ihrem Mann. Nachdem jetzt auf Sie geschossen wurde, bleiben Sie immer noch bei der Aussage, dass Ihr Mann keinerlei Feinde hat?" Sie nahm ihren Geldbeutel und gab Sascha ein Passbild, auf dem ein glatzköpfiger Mann zu sehen war. Ohne ihn zu kennen, wusste Sascha, dass es ein Schläger war. Die Nase war gebrochen gewesen, eine böse Narbe an der Augenbraue und eine

Schnittnarbe an der Backe zeugten von harten Kämpfen, die dieser Mann bestritten haben musste. „Das Ganze hier. Die Familie Heid wurde nicht so reich, ohne sich ein paar Feinde zu schaffen", gab Melanie Heid kleinlaut zu. „Aber das Vermögen ist durch Aktiengewinne von Marco Heids Vater entstanden, es gibt sicherlich Neider, aber das ist fast drei Jahrzehnte her?" hackte Sascha nach. Frau Heid lachte tonlos auf: „Aktien? Der alte Narr hat nicht eine Mark an der Böse gewonnen. Grundstücke hat er zu überteuerten Preisen an Ahnungslose verkauft. Sie wollen wissen, wer Grund hat, Marco zu hassen? Jeder, der hier vor dreißig Jahren neu gebaut hat, um an der Heiligen Quelle zu wohnen." - „Aber nach dreißig Jahren sollte das doch kein Thema mehr sein", warf Sascha ein. „Wir reden hier nicht von Kleingeld, wir reden von Millionen, die mehr bezahlt wurden, Menschen, die ihre letzte Hoffnung in die Heilkraft dieser Quelle gesetzt und alles verloren haben." Melanie sah Sascha fordernd an. „Gut, das erklärt vielleicht den Hass auf Marco Heid. Aber wieso tötet der Mörder die ganze Clique, was haben die mit den Ereignissen von damals zu tun?" Melanie Heid sah sich um, als befürchte sie, es könnte jemand lauschen, doch da waren nur uniformierte Beamte: „Meinen Sie, der alte Heid konnte das alleine aufziehen? Es brauchte einen polnischen Erntehelfer, den hier niemand kannte und der hier schwer verunglückte. Nennen wir ihn mal Herr Lebedew. Marcos Freundin war damals Tanja, ihr Vater war zufällig der Arzt, der die wundersame Heilung attestierte. Herr Keller hatte gute Verbindungen zur Presse, die nach einem Interview die Sensation an die große Glocke hängte. Dreimal können Sie raten, wessen Vater der Pfarrer war, der dem Spuk hier seinen Segen gab?" Sascha war fassungslos: „Aber die kamen alle aus Anweiler. Warum hier in Ranschbach?" - „Marco wurde in seinem Haus überfallen. Er überlebte, aber es starben in dem Haus zwei Menschen. Deswegen zogen er und seine Eltern hierher. Herr Lebedew lebte, soweit ich weiß, bis zu seinem Tod in Anweiler. Familie Keller auch bis in die Neunziger Jahre, sie zogen um, weil Frau Keller einen lukrativen Job in Klingenmünster annahm.". Sascha verstand, wären sie als Gruppe hierher gezogen, hätte man ihnen nicht geglaubt, so hatten sie vermeintlich keine Verbindung zueinander . „Wie lief das finanziell?" - „Jeder hatte seinen Anteil, das Ganze war bis auf den letzten Punkt geplant!" - „Wissen Sie, wo Tanja Bayer heute lebt?" wollte Sascha noch wissen, doch die Befragte schüttelte nur den Kopf. Sascha bedankte sich und ließ sich Größe und Gewicht von Marco Heid nennen. Er ging zu einem der Uniformierten, der interessiert den inzwischen eingetroffenen Kollegen der Spurensicherung zusah. „Ich brauche dein Auto. Gib mir den Schlüssel!" Der uniformierte Beamte überlegte kurz, erinnerte sich, was mit Otto passiert war und gab ihm den Schlüssel: „LD 5223", sagte der Beamte. „Danke. Ich stelle ihn heute Abend vor eure Wache." Damit verließ er das Grundstück. Noch auf der kurzen Fahrt nach Leinsweiler rief er Karl an und erklärte ihm kurz, was passiert war , der Polizeichef versprach, die Käufer der Grundstücke unter die Lupe zu nehmen. Allerdings, räumte Karl ein, würde es schwer sein, etwas in den Akten zu finden. Sinnvoll wäre, mit allen persönlich zu reden, um Motive oder Verdächtige zu finden, nur dazu waren sie zu wenig Beamte. Sascha brauchte frische Kleidung und so fuhr er zurück ins Hotel, um sich umzuziehen und bei der Gelegenheit Karl das Foto von Marco Heid zu mailen. Er sah auf die Uhr, es war spät geworden und Sascha hatte jetzt richtig Hunger. Er wollte Ingo fragen, ob er mit ihm was essen gehen würde, doch dieser war schon abgefahren und Sascha dachte sich, dass es wohl zu hart gewesen war, was er ihm an den Kopf geworfen hatte. Sascha beschloss sich zu entschuldigen, gleich wenn sie sich wieder sehen würden. Alleine ging er in die Kneipe, in der sie schon an den Vortagen gewesen waren.

XI

Leise rutschte der Langlaufski über den Neuschnee, Klaus hörte nichts außer seinem regelmäßigen Atem. Es war perfekt hier und er verstand nicht, warum sich Sascha diese Idylle entgehen ließ. Saschas Frau war ohne zu zögern auf den Vorschlag eingegangen, mitzukommen. Klaus war froh darüber, so war es seiner Freundin wenigstens nicht langweilig während seiner ausgiebigen Langlauftouren. Er sah zu den riesigen Fichten, deren Zweige unter dem Gewicht des Schnees knarzten und malerisch seine Loipe einschlossen, er war einfach nur glücklich hier zu sein. Am Ende seiner Tour ging er noch in eine der vielen urig eingerichteten Gaststätten und genehmigte sich einen heißen Jägertee. Dann lief er langsamen Schrittes zurück in sein Hotel, sie wollten heute Abend schick essen gehen, aber jetzt wartete erst einmal eine warme Dusche auf ihn. Er stellte seine Ski in den Abstellraum und ging an der Rezeption vorbei zum Fahrstuhl, als er hinter sich eine aufgeregte Stimme hörte: „Herr Steeger. Bitte warten Sie. Sie hatten einen Anruf. Herr Bergmann, Sie möchten ihn bitte zurückrufen." - „Danke", erwiderte Klaus. Erst wollte er einfach die Nachricht ignorieren, dann dachte er nach und es wurde ihm unwohl. Woher wusste sein Boss, dass er hier war? Es gab nur eine Person, die wusste, wo er war und sein Freund würde ihn nicht ohne Grund anrufen lassen. Oder schlimmer, Sascha war etwas passiert. Er drehte sich um, ging zur Rezeption und ließ sich das Telefon geben. Als das Gespräch beendet war, wusste Klaus, dass demnächst der Haussegen richtig schief hängen würde.

Er ging ins Zimmer, duschte und war froh, dass seine Freundin nicht da war. Wahrscheinlich waren die beiden Frauen mit dem Baby in den Ort gegangen. Er schrieb einen Zettel, legte den Autoschlüssel daneben, denn er wollte sie nicht ohne fahrbaren Untersatz zurücklassen. Dann verließ er das Hotel. In einem Autoverleih lieh er sich einen Audi mit Allradantrieb, und nicht mal eine Stunde nachdem er mit Bergmann geredet hatte, raste Klaus über winterliche Straßen in Richtung Mainz. Karl hatte seinerseits die Wartezeit auf Klaus` Rückruf verwendet, um die Radiostationen zu überreden, Warnmeldungen für Marco Heid und Tanja Bayer zu senden, sie sollten sich bei ihm, Sascha Weber, oder bei jeder Polizeidienststelle melden. So bekam Sascha kurz vor 19:00 Uhr einen aufgeregten Anruf von Frau Bayer, die wissen wollte, weswegen sie in Gefahr sei. Sascha wollte sofort zu ihr kommen, doch die Frau erklärte nur, dass sie an Heiligabend bei ihren Eltern war und erst am späten Abend oder in der Nacht zurückkommen würde. Sascha erklärte ihr, worum es ging, aber Frau Bayer blockte ab, sie hatte hierzu nichts zu sagen. „Frau Bayer, wenn es der Mörder wirklich auf die Täter in dem Vergewaltigungsfall von vor fast dreißig Jahren abgesehen hat, dann ist Ihr Leben in ernster Gefahr. Genauso verhält es sich, wenn sich der Täter an den Angehörigen der Betrüger von Ranschbach rächt. Der Täter hat schon drei Morde begangen", versuchte Sascha die Frau am anderen Ende der Leitung von der Gefahr, in der sie schwebte, zu überzeugen. „Ich habe Laura bestimmt nicht vergewaltigt und was die andere Sache angeht, mein Vater hat damals jeden gewarnt. Was glauben Sie, warum der Alte die Beziehung zwischen mir und Marco beendet hat?" antwortete sie schnippisch. „Wem wollen Sie was vormachen? Ich habe Lauras Tagebuch gelesen, sie hatten damals genauso viel Schuld auf sich genommen wie die Täter, noch schlimmer, Sie haben Ihre beste Freundin verraten! Wenn sich jemand an den Schuldigen der damaligen Ereignisse rächen will, dann steht Ihr Name ganz oben auf der Liste", erklärte Sascha leicht gereizt, da ihn das Unschuldslammgetue seiner Gesprächspartnerin auf die Palme brachte. „Wenn Sie mir was anhängen wollen, sollten Sie besser mit meinem Anwalt weiter reden!" antwortete Frau Bayer gereizt. Sascha platzte der Kragen: „Es ist mir scheißegal. Ich bin auch der Meinung, dass ihr eine Strafe verdient habt. Ich finde die ganze Gruppe von euch zum Kotzen. Weiß Gott, ich kann den Rächer verstehen, dass er euch tötet, nur leider ist es mein scheiß Job, auch Menschen wie euch zu helfen.." dann fuhr er in versöhnlicherem Ton fort: „Aber wir wissen beide, dass Sie für die Geschehnisse nicht mehr zur Verantwortung gezogen werden können. Was damals passiert ist, ist heute verjährt. Eine Frage hätte ich noch, können Sie auch ihrem Gewissen vormachen, dass Sie damit nichts zu tun haben?" Sascha bekam hierauf keine Antwort, immerhin gab sie ihm ihre Adresse und notierte sich Saschas Telefonnummer. Weil Sascha den Streifenwagen schon zurückgegeben hatte, rief er Werner an. Es meldete sich nur der Anrufbeantworter, über den er Werner bat, kurz in Grünstadt vorbeizuschauen und nachzusehen, ob dort alles ruhig wäre. Er hoffte, dass Werner das Band rechtzeitig abhören und sich wieder fit genug fühlen würde, die 50 Kilometer zu fahren. Er hatte gerade das Gespräch beendet, als das Mobiltelefon läutete, ein Blick auf das Display verriet, dass Karl anrief, sein Chef klang sehr aufgeregt: „Du wirst es nicht glauben. Es gibt Abweichungen zwischen den Taten." - „Was meinst du?" fragte Sascha. „Gut, wir haben nicht viele Spuren von den ersten beiden Morden, aber der Strick, der verwendet wurde, war in den beiden ersten Fällen ein anderer. Dazu kommt, dass unser Opfer bewusstlos war, als es erhängt wurde", erklärte der Polizeichef. „Was beweist das jetzt? Gibt es zwei Täter? Oder haben die Morde nichts miteinander zu tun?" fragte Sascha. „Möglich ist vieles, vielleicht wurde der Täter durch die Personen, die vor der Kirche warteten, gestört und änderte deshalb das übliche Vorgehen. Vielleicht konnte er die übliche Schnur nicht besorgen oder sie war verbraucht und er kaufte eine neue. Aber es gibt auch die Möglichkeit, dass es zwei Täter gibt, die abhängig oder unabhängig voneinander agieren." erklärte Karl Bergmann. Sascha verdaute die Information und kam für sich zum Schluss: „Die Morde sind zu gleich, wenn sie als Morde erkannt worden wären, hätte man über einen Nachahmungstäter nachdenken können, aber da die Taten als Selbstmord zu den Akten gingen, schließe ich das aus." Karl erzählte noch kurz, dass er mit Klaus geredet hatte, dann beendete er das Gespräch. Sascha ging zurück in das Gasthaus, in dem er kurz zuvor zu Abend gegessen hatte und bestellte ein Bier und einen Schnaps. Kurz vor zehn Uhr verließ er schwankend das Wirtshaus und ging in sein Hotelzimmer, ihm war hundeelend. Sascha wälzte sich unruhig im viel zu schmalen Bett hin und her.

Irgendetwas hatte er übersehen und diese Gewissheit ließ ihn keine Ruhe finden. Endlich, nach quälend langer Zeit, döste er ein. Das Klingeln seines Handys riss ihn aus seinem unruhigen Schlaf. Ein Blick auf den Wecker verriet ihm, dass es gerade 0 Uhr und nicht einmal 2 Stunden her war, seit er sich hingelegt hatte. Verärgert nahm er das Gespräch an: „Weber", grummelte Sascha schlaftrunken ins Gerät. „Tanja Bayer. Sie müssen mir helfen!" meldete sich eine zitternde Stimme. Sascha brauchte etwas, um den Namen zuzuordnen. Dann erinnerte er sich: „Ihnen ist noch was eingefallen? Das hätte aber noch bis morgen Zeit gehabt. Wissen Sie, normale Menschen schlafen um diese Zeit!" erklärte Sascha, der immer noch verärgert über die nächtliche Störung war. „Sie müssen mir helfen, er bringt mich sonst um!" rief Martina jetzt panisch ins Telefon. Sascha war trotz seines abendlichen Alkoholkonsums im selben Moment hellwach. „Was? Wer will Ihnen was antun?" - „Er kommt rein!" Damit brach das Gespräch ab. Sascha zog seine Jeans an und wollte gerade seine Autoschlüssel greifen, als ihn die Erkenntnis wie ein Blitz traf, sein Porsche war in Mainz. Er fluchte innerlich, dann wühlte er in seinem Geldbeutel nach der Telefonnummer von Werner. Doch sein Kollege ging nicht ans Telefon. Sascha wusste keinen Ausweg mehr. Während er aus dem Hotelzimmer rannte, rief er seinen Boss Karl Bergmann an, dieser nahm nach kürzerem Klingeln ab und als Sascha ihm in kurzen Worten die Situation geschildert hatte, erklärte der Polizeichef, dass er sich sofort aus Mainz auf den Weg machen würde. Sascha, der bisher noch keine Auswirkungen seines übermäßigen Alkoholkonsums spürte, traf die Frischluft wie ein Schlag, als er die Außentür öffnete und auf die Straße trat. Sascha torkelte, hatte aber nur einen Gedanken, er brauchte ein Fahrzeug. Auf der gegenüberliegenden Straßenseite war in einem Mehrfamilienhaus noch ein Fenster beleuchtet. Sascha machte sich nicht die Mühe, die Klingelschilder zu lesen, er läutete bei allen 4 Klingeln. Nach kurzem Warten meldete sich eine Frauenstimme. „Polizei!" lallte Sascha in die Gegensprechanlage: „Ich brauche Ihr Auto. Es geht um Leben und Tod." - „So, wie Sie klingen, brauchen Sie erstmal einen Kaffee, komm erst mal hoch" Sascha hörte den Türsummer und ließ sich gegen die Eisentür fallen. Sascha stolperte die wenigen Treppen zur Wohnungstür hoch und stockte, als er die bildhübsche junge Frau, nur mit einem längeren T-Shirt bekleidet, im Türrahmen stehen sah. Sie hatte gelocktes braunes Haar, tief braune Augen und lächelte bezaubernd, als sie den schwer angetrunkenen Sascha die Stufen hoch fallen sah. Sascha sah nur ihre perfekten Beine. „Sie wollen also Polizist sein?" Erst jetzt bemerkte Sascha den leicht französischen Akzent. Sascha verteilte den Inhalt seines Portemonnaies auf dem Boden, als er nach seinem Dienstausweis suchte. Stolz hielt er ihr seine Paypal Karte vor die Nase. Sie lachte, hob seinen Dienstausweis vom Boden auf und las laut: „Sascha Weber, ich bin Marie. Also Sascha, so betrunken fährst du kein Auto, ich fahre dich." - „Ich bin Polizist, ich darf betrunken fahren", versuchte Sascha sich zu rechtfertigen. Doch Marie ging schon in die Wohnung. „Komm rein, da steht der Kaffee" Sie zeigte auf eine halbvolle Kanne auf dem Küchentisch:

„Ich ziehe mich kurz an, dann kann es losgehen."

100 Kilometer entfernt war die Villa der Bergmanns hell erleuchtet. Karl stand vor dem Kleiderschrank und suchte unter all den Anzügen, die er sonst trug, seine verwaschene Jeans und seine alte schwarze Lederjacke. Als er sie gefunden und angezogen hatte, ging er an seinen Safe und holte ein neues Päckchen 9mm Patronen und seinen Revolver heraus. Fast andächtig lud er die Trommel, er fühlte sich jung wie schon seit Jahren nicht mehr, seit dem Tag, als ihn der Innenminister zum Polizeichef ernannt und ihn ins Büro verbannt hatte. Am Schlüsselbrett überlegte er kurz, ob er seinen Dienstwagen, eine neue Mercedes S-Klasse oder seinen alten Sportwagen nehmen sollte. Es war einmal sein ganzer Stolz gewesen, jetzt fuhr ihn ab und an sein Sohn, aber meistens stand er nur in der Garage. Heute, so beschloss Karl, war der Tag, an dem er ihn wieder fahren würde. Karl, der seit Jahren nur noch Automatik fuhr, würgte den Motor von der Garage bis zum Gartentor dreimal ab. Endlich auf der Straße, gab Karl Vollgas und räumte die Mülltonnen des Nachbarn mit dem schleudernden Heck des Boliden ab. Dann raste er in Richtung Autobahn. In einer halben Stunde, so glaubte er, würde er in Grünstadt sein. Er kam nur zwei Straßen weit, dann stoppte ihn ein Streifenwagen.

Sascha hatte gerade seine Tasse leer getrunken, als Marie in die Küche kam, sie hatte eine viel zu kurze Jeans übergestreift und das T-Shirt bedeckte gerade mal den Bauchnabel. Sascha blieb bei ihrem Anblick der Mund offen stehen und bemerke nicht mal, dass er die junge Frau mit seinen Blicken verschlang. Wie ein junger Hund folgte er Marie zu einem unförmigen Ding, auf das jemand Blumen gemalt hatte: „Was ist das?" fragte Sascha. „Das ist mein Auto", lachte die junge Französin. „Du lügst, das ist doch kein Auto." Sascha wollte nicht glauben, was er sah. „Doch, ist französisch, ein 2CV." Und als sie die Skepsis in Saschas Gesicht sah, fügte sie erklärend hinzu: „Eine Ente, jetzt komm, steig ein." Klappernd und ratternd setzte sich das Gefährt in Bewegung. Saschas Blicke landeten auf den nackten Oberschenkeln seiner Fahrerin. Sein Verlangen nach ihr wurde immer größer, er merkte, wie er zu schwitzen begann. Endlich sagte Marie etwas und lenkte seine Aufmerksamkeit von ihren perfekt geformten Oberschenkeln ab. „Wenn mich meine Freunde sehen könnten. Normalerweise werfen wir Steine auf Bullen." - „Nett, danke dass du keine nach mir geworfen hast, als ich vor deiner Tür stand", erwiderte Sascha etwas belustigt. „Du bist anders als normale Polizisten, Du bist lustig. Die anderen sind meistens Idioten." Auf der Fahrt erzählte Marie, dass sie in Deutschland studieren würde. Sascha versuchte sich daran zu erinnern, dass er verheiratet war, aber es gelang ihm nicht.

Karl Bergmann hatte andere Probleme, erst musste er feststellen, dass sein Führerschein im Mercedes lag. Dann bemerkten die Streifenpolizisten seinen Revolver und er fand sich auf dem Bauch liegend auf dem Bordstein wieder. Es brauchte etliche Anrufe, bis er in verwaschenen Jeans und Lederjacke die Beamten überzeugen konnte, dass er ihr höchster Vorgesetzter war. Mit Polizeieskorte und gut einer halben Stunde Verspätung setzte Karl seine rasante Fahrt nach Grünstadt fort.

Marie hatte ihre Ente vor dem Mehrfamilienhaus, in dem Tanja

Bayer wohnte, geparkt. Sascha rannte die Stufen bis zum 3. Stock hoch, die Wirkung des Alkohols war verflogen. Die Wohnungstür war eingeschlagen, im Schlafzimmer fand er die leblose Frau vor dem Kleiderschrank. Sie musste sich darin versteckt haben. Am Kopf klaffte eine blutende Wunde. Sascha beugte sich zur bewusstlosen Schwerverletzten hinab. Zu spät realisierte Sascha, dass der Angreifer vielleicht noch in der Wohnung sein könnte. Aus den Augenwinkeln sah er einen Schatten auf sich herab sausen. Instinktiv warf Sascha sich zur Seite und spürte, wie ein harter Gegenstand seinen Oberarm streifte. Als er sich umdrehte, sah er nur noch eine schwarzgekleidete Person aus dem Fenster verschwinden. Dann hörte er jemand polternd die Treppen hochkommen. Marie schrie erschrocken auf, als sie Sascha am Boden liegen sah. Dann fiel ihr Blick auf die schwer verletzte Frau. Sie stürzte ins Zimmer, eilte zu ihr und begann sofort mit gekonnten Griffen die Blutung zu stoppen. Dann befahl sie Sascha in strengem Ton einen Krankenwagen zu rufen. Die Ambulanz kam zeitgleich mit Bergmann und dessen Eskorte an. Während sich die Sanitäter um Martina kümmerten, durchkämmten Karl und die Streifenpolizisten die nähere Umgebung des Anwesens, ohne Erfolg, der Angreifer war über alle Berge. Sascha ließ sich von Marie seinen verletzten Oberarm verarzten, zwar war die Verletzung nicht der Rede wert, aber er konnte mit ihr zusammen sein und dafür vergaß er seinen › Ein Indianer kennt keinen Schmerz‹ Stolz. Bergmann verabschiedete sich mit der Ankündigung, am nächsten Morgen Sascha im Hotel aufzusuchen, um über das weitere Vorgehen zu sprechen. Marie redete nicht viel auf der Rückfahrt, erst als sie vor dem Hotel parkten, fragte sie Sascha, ob er mit nach oben in ihre Wohnung auf einen Kaffee komme. Schon hinter der Wohnungstür umarmte sie Sascha und küsste ihn leidenschaftlich, sie kamen nicht mal mehr bis ins Schlafzimmer.

XII

Sascha wachte durch das Klingeln seines Handys auf. Erst wusste er nicht, wo er war; doch dann kam die Erinnerung an die letzten Stunden zurück und ein eigenartig Gefühl, eine seltsame Mischung aus Schuld und gleichzeitig Befriedigung machte sich in ihm breit. Sascha sah zu Marie, die nur durch die wenigen Sonnenstrahlen, die ihren Weg durch die geschlossenen Vorhänge fanden, angestrahlt war. Das Klingeln seines Mobiltelefons konnte sie nicht wecken und Sascha erkannte, wie schön sie war, er lag noch einige Zeit neben ihr und betrachtete ihr liebliches Gesicht, bis er sich aufraffen konnte, sich von ihr abzuwenden und sein Handy zu suchen. Es waren drei Anrufe, alle von Karl und Sascha fiel ein, dass er mit seinem Boss verabredet war. Er sammelte seine Klamotten ein, die im ganzen Schlafzimmer verteilt lagen und schlich sich ins Bad. Er setzte sich auf den Rand der Badewanne und wählte die Nummer seines Vorgesetzten. Karl nahm nach dem ersten Läuten an: "Verdammt, Sascha, wo bist du? Hast Du mal auf die Uhr geschaut? Es ist halb Zehn." - "Karl, das lässt sich nicht so leicht erklären, wir treffen uns in 15 Minuten vor meinem Hotel." Sascha zog sich an, er würde erstmal in sein Zimmer gehen, um zu duschen. Er überlegte, ob er Marie aufwecken sollte, er entschloss sich, ihr einen Zettel zu schreiben und ihr zu versprechen, dass er sich am Abend bei ihr melden würde. Dann verließ er so leise wie möglich die Wohnung. Als er auf die Straße trat, sah er zuerst seinen Vorgesetzten, der ungeduldig vor dem Eingang des Hotels auf und ab ging. Karl sah ihn kopfschüttelnd an, dann kam er über die Straße: "Die kleine Französin hat dir den Kopf verdreht?" fragte der Polizeichef mit einem wissenden Grinsen. Sascha fragte sich, wie sein Freund ihm auf die Schliche gekommen war, oder wusste er es vielleicht gar nicht und hatte ins Blaue hinein geraten. Sascha beschloss, erst einmal zu leugnen, schließlich kannte Karl seine Frau und auch wenn er nicht glaubte, dass Karl ihn verraten würde, so wäre es besser, ihm nicht noch Gewissheit zu seiner Vermutung zu liefern. So log er: "Was denkst du von mir, ich bin glücklich verheiratet, gerade Vater geworden!" - "Gute Argumente, vielleicht hättest du besser heute Nacht mal daran gedacht. Du hast gestern nicht die Augen von ihr lassen können, kommst aus dem Haus, vor dem ihr Auto steht, unrasiert, ungeduscht und hast das T-Shirt links herum an. Ich war auch mal jung, aber so blöd hab ich mich nicht erwischen lassen!" Sascha sackte in sich zusammen. "Ich verrate dich schon nicht, keine Sorge. Mach dich erst mal frisch, wir treffen uns im Frühstücksraum." Karl schlug seinem leicht niedergeschlagenen Freund brüderlich auf die Schulter. Frisch geduscht betrat Sascha eine halbe Stunde später den Speisesaal des Hotels, zu seiner Freude sah er am Tisch von Karl seinen guten Freund und Kollegen Klaus sitzen. Nach einer herzlichen Begrüßung seines langjährigen Partners, ergriff Karl das Wort: "Du arbeitest jetzt im gewohnten Team mit Klaus zusammen, ich habe ihn gebeten, seinen Urlaub zu unterbrechen, weil ich meine besten Männer hier brauche. Werner hat von mir die Aufgabe bekommen, sich um die Sicherheit von Frau Bayer zu kümmern." - "Wie geht es ihr? Können wir mit ihr reden? Ich hatte bei dem

Anruf gestern das Gefühl, als wüsste sie, wer sie bedroht", fragte Sascha. "Frau Bayer ist noch im OP, wir werden gleich ins Krankenhaus fahren, dann wissen wir mehr." Dann wendete Karl sich an Klaus: "Du richtest Dich hier ein und liest die Akten. Ich erwarte, dass du auf dem Laufenden bist, wenn wir zurückkommen." Klaus verdrehte die Augen, stand auf und brabbelte im Gehen: "Dafür habe ich jetzt meinen Urlaub geopfert." Karl und Sascha fuhren mit Karls Mercedes nach Neustadt. Die Ambulanz hatte das Opfer in der Nacht dorthin ins Krankenhaus gefahren. Das Hospital lag am Stadtrand etwas abseits der Hauptstraße. Zu ihrer Erleichterung fanden sie nicht weit vom Haupteingang einen Parkplatz. Als sie zum Zimmer von Frau Bayer kamen, stellte Karl erstaunt fest, dass der Stuhl vor der Zimmertür leer war. "Wo ist Werner?" fragte Karl mehr sich selbst. Im selben Moment sprang die Tür auf, eine maskierte Person sprang aus dem Zimmer, rannte Sascha über den Haufen und flüchtete. Geistesgegenwärtig nahm Karl die Verfolgung auf. Er erwischte den Flüchtenden an der Schulter. Zu spät erkannte Karl, dass der Unbekannte ein Messer hatte. Skrupellos drehte sich der Vermummte um und rammte Karl das Messer in den Bauch. Sascha musste hilflos mit ansehen, wie Karl schwer verletzt zu Boden sank. Sascha rappelte sich auf und eilte zu seinem Freund, dabei schrie er so laut er konnte um Hilfe, so dass die Krankenschwestern aus ihrem Stationszimmer auf den Gang kamen. Innerhalb von Minuten war der Gang überflutet mit Ärzten, Krankenschwestern und Pflegern , die sich um den Polizeichef kümmerten. Sascha bat einen der Mediziner, nach

Frau Bayer zu sehen, aber es hatte den Anschein, als hätten sie den Angreifer noch rechtzeitig gestört. Karl Bergmann wurde auf einer Trage in Richtung Operationsaal weggeschoben. Pfeifend kam Werner mit einer Zeitung unter dem Arm, auf deren Titelseite eine leicht bekleidete Schönheit zu sehen war, zu Sascha: "War auf dem Klo. Ist was passiert?" Sascha realisierte erst wieder seine Umwelt, als ihn vier Pfleger von seinem blutend am Boden liegenden Opfer wegzerrten. Sie warfen ihn auf ein Bett und fixierten ihn an Armen und Beinen, einer der grün gekleideten Männer rammte ihm unsanft eine Spritze in den Oberarm, fast zeitgleich wurde alles um Sascha schwarz. Als er aufwachte, lag er alleine in einen fensterlos weißen Raum. Seine Arme waren in unnatürlicher Weise vor seinem Bauch in einer Jacke gefangen. Sein Kopf fühlte sich an, als würde eine Herde Büffel darin Tango tanzen. Aus der Ferne hörte er eine vertraute Stimme: "Sie können mir glauben. Er ist völlig ungefährlich", und dann hörte er Klaus sagen: "Klar unterschreibe ich Ihnen die Papiere. War es wirklich nötig, ihn in einer Zwangsjacke in die Gummizelle zu sperren?" Sascha redete auf der Fahrt nach Leinweiler kein Wort, er hatte schon oft einen Kater gehabt, aber das was er jetzt hatte, toppte alles, ihm war es noch nie so dreckig gegangen. Erst als sie ausstiegen und zum Hotel liefen, fragte Sascha: „Wie geht es Karl?" - "Er ist auf der Intensivstation, er wird es überleben, Werner auch. Bist du völlig bescheuert, auf einen alten Mann einzuschlagen und als er am Boden liegt, auf ihn einzutreten?" - "Seinetwegen liegt Karl im Krankenhaus, weil er seinen Posten verlassen hat", rechtfertigte sich Sascha. "Karl hat nicht auf die

Eigensicherung geachtet, er ist wie ein Anfänger einer verdächtigen Person hinterher gerannt." Dem konnte Sascha nichts entgegensetzen. Er sah ein: "OK ich hab Mist gebaut, wenn Werner aus dem Koma aufwacht, entschuldige ich mich bei ihm." - "Koma." lachte Klaus: "Der Alte ist aufgestanden, hat sich die blutende Nase abgewischt und seinen Bewachungsposten an Frau Bayers Tür wieder eingenommen. Was glaubst du, wer mich angerufen hat und mich informiert hat, dass sie dich nach Klingenmünster abtransportiert haben?" Sascha lief puterrot an: "Der ist bestimmt stinksauer auf mich?" - "Nein, aber ich soll dir ausrichten, du schlägst wie ein Mädchen." Und nach einer bedeutsamen Pause: "Ich soll dir von einer Marie sagen, das du dich heute Morgen besser verabschiedet hättest, man schleicht sich nicht einfach aus der Wohnung." Sascha sah die Rechte nicht kommen, die ihn auf den Hosenboden beförderte: "Das soll ich dir ausrichten von einem Freund von Herrn und Frau Weber. Bist du völlig bescheuert? Du bist gerade Vater geworden und da baust du so eine Scheiße. Du bringst das in Ordnung!" Klaus ließ seinen verdatterten Kollegen sitzen und ging zum Hoteleingang. "Wir treffen uns in zwanzig Minuten bei mir im Zimmer, dann klären wir, wie wir im Fall weiterkommen", brüllte Sascha seinem Freund hinterher und fügte leise, so dass es Klaus nicht hören konnte, hinzu: "Immer noch bin ich dein Vorgesetzter."

XIII

Von einem auf den anderen Tag war für Mark alles anders, sein einziger Freund war tot. Zu dem ohnmächtigen Hass und dem, das in den letzten Tagen Geschehene nicht verstehen können, kam ein Gefühl der Hilflosigkeit. Konnte sich diese Clique wirklich alles erlauben, konnte sie wirklich niemand stoppen? Laura redete seit der Silvesterparty vor 3 Wochen kein Wort mehr. Jeder wusste was passiert war, schlimmer noch, Mario prahlte damit, wie sie die hilflose Laura erst betrunken gemacht und dann vergewaltigt hatten. Ihr Vater hatte Strafanzeige gestellt, aber Tanja, die Schlange, hatte allen fünf ein wasserdichtes Alibi gegeben. Wie konnte sie das tun, sie war Lauras beste Freundin, sie kannten sich schon seit dem Kindergarten. Seit diesem Tag hatte er Laura nicht mehr gesehen, selbst in die Schule war sie nicht mehr gegangen. Heiko war immer zu ihr gestanden, erst letzte Woche hatte er erzählt, dass er alle Beweise hatte, um sie ans Messer zu liefern und jetzt dieser Autounfall. Heiko wäre nie betrunken gefahren und Selbstmord kam nicht in Frage, er hätte seine Laura nie in Stich gelassen, nicht in der Verfassung, in der sie jetzt war. Er war zur Polizei gegangen, entweder sie glaubten ihm nicht oder es interessierte sie nicht. Ohne stichhaltige Beweise würden sie nichts tun und seine Verdächtigungen richteten sich nicht gerade gegen die Schwächsten der Gesellschaft. Am schlimmsten war, dass seine Mörder nicht mal den Anstand hatten, ihm im Tod seinen Frieden zu lassen. Es war verlogen, wie sie Trauer heuchelnd bei der Beerdigung an seinem

Grab standen. Mario kam als letzter, sein Arm um Marks Schwester geschlungen. Mark wäre am liebsten zu seiner Schwester gelaufen, hätte sie von diesen Monster weggerissen, ihr eine Ohrfeige gegeben und sie gefragt, was sie da tut, aber er tat es nicht, er stand weiter abseits und trat erst ans offene Grab, als alle gegangen waren. Er schwor sich und versprach seinem toten Freund, dass sein Tod nicht ungesühnt bleiben würde. Zwei Wochen später stand er wieder auf dem kleinen Friedhof, Laura war wenige Kilometer vor Anweiler vor den Regionalexpress, aus Landau kommend, gesprungen.

Der Rächer saß nackt vor seinen Computer, im Raum war kein Licht, nichts außer dem Bildschirm erhellte den gespenstisch dunklen Raum. Er konnte es immer noch nicht fassen, zweimal hätten sie ihn in den letzten Stunden beinahe erwischt, er musste unbedingt vorsichtiger werden. Gestern hatte er einfach Pech, er hatte nicht geglaubt, dass Tanja ihn nach all den Jahren wiedererkannt hätte, sie hatte auch nur Sekunden aus dem Fenster gesehen, er glaubte sogar, dass sie in der kurzen Zeit gar nichts sehen und erkennen konnte. Dann hatte sie sich geweigert zu sagen, wo Mario ist. Sie sah ihn an wie einen Wahnsinnigen, er hasste diese Frau. Er hatte sich solche Mühe gegeben, aber sein Buch "Foltermethoden des Mittelalters" hatte unrecht, sie hatte ihm nichts verraten. Er würde wohl auch den Autor dieses Buches töten, aber das hatte Zeit. Ein Gedanke blitze immer wieder in seinem Gehirn auf, wusste Tanja am Ende wirklich nicht, wo Marco war? Wäre dieser verblödete Bulle ein paar Minuten später gekommen, sie hätte ihm bestimmt den Aufenthaltsort genannt.

Dann heute morgen, die Schlampe war nicht mal wach. Sie hatte den Tod verdient, alle hatten ihn verdient, nur, wenn er sie tötete, käme Mario ungeschoren davon. Immerhin hatte sein Komplize heute Morgen aufgepasst und ihn rechtzeitig gewarnt. Jetzt, wusste er, waren die Bullen geweckt und an Tanja würde er auch nicht mehr so einfach herankommen. Frustriert nahm er sein Messer aus der Tasche und betrachtete die Klinge, dann warf er es an die Tür, das Messer blieb stecken, genau zwischen den Augen des so verhassten Mario. Hasserfüllt schaute er zu dem an der Tür hängenden Jugendfoto seines Feindes, er würde ihm nicht entkommen. Der Rächer stand auf, trat nackt ans Fenster und zog den schwarzen Stoff zur Seite, draußen war die Sonne untergegangen. Er ging zu seinen Kohleofen, der in der hintersten Ecke des düsteren Raumes stand und nahm den Schürhaken. Als er sich sicher war, dass das Metall heiß war, nahm er ihn aus der Glut und drückte ihn an seinen Oberarm. Die Schmerzen waren unvorstellbar, Schweiß bedeckte seinen Körper, es roch nach verbranntem Fleisch und der Schmerz zwang ihn in die Knie. Doch er ließ nicht locker, kein Schmerzensschrei verließ seine Lippen, erst nach dreißig ewig langen, quälenden Sekunden ließ er das Eisen sinken, das Metall hatte sich bis zum Muskel durchgebrannt. Sich vor Schmerzen krümmend sank er auf den Boden, jetzt ,war er sich sicher, würde er einen solchen Fehler nie mehr begehen.

Sascha und Klaus saßen sich im Essensraum gegenüber, die Stimmung war eisig, was nicht an den Temperaturen lag, die draußen herrschten. Klaus brach das Schweigen: „Die Bande hat laut ihrer jedem in der Klasse das Leben zur Hölle gemacht. Wie bist du einmal auf die Idee gekommen, dass es noch einen anderen Grund oder ein anderes Motiv zu diesen Morden geben könnte? Habt ihr Klassenkameraden aus der Zeit befragt?" - „Nein", gab Sascha kleinlaut zu. „Dann sollten wir jetzt zu deren Schule fahren und Akteneinsicht nehmen", riet Klaus. „Heute am zweiten Weihnachtsfeiertag?" gab Sascha zu bedenken. „Ein Hausmeister wird schon da sein", bemerkte Klaus und stand auf. Erst da bemerkten sie eine ältere Dame. Sie hatte ihr graues Haar streng nach hinten gebunden, sie war mehr als dünn und wirkte in der Tür wie eine Spinne, die auf ihre Opfer wartete. „Sind Sie die Beamten, die den Scheißkerl suchen, der das meiner Tanja angetan hat?" Die alte Dame sprach mit fester Stimme, ihre kalten Augen fixierten die Beamten, Sascha fröstelte es bei ihrem Anblick. „Ja, und Sie müssen folglich die Mutter von Tanja Bayer sein. Aber bitte setzen Sie sich doch, Frau Bayer", versuchte Sascha freundlich zu sein. „Schreck!" fuhr die Alte Sascha unwirsch an: „Ich würde es begrüßen, wenn sie mich mit Frau Schreck ansprechen würden." - „Und wir würden es begrüßen, wenn Sie sich erst vorstellen würden", kam Klaus seinem völlig verdatterten Freund zu Hilfe. „Ein Benehmen haben diese jungen Leute heute." Sie fuchtelte mit ihrem knochigen Zeigefinger nach ihnen: „Ich werde mich über Sie beide beschweren, so dürfen Sie nicht mit mir reden." Klaus sah zur Kontrolle zu seinen Freund und als er merkte, dass Sascha seine Stimme noch nicht wiedergefunden hatte, ergriff er wieder das Wort: „Setzen Sie sich bitte. Wenn Sie wissen, wie man sich gegenüber Polizisten korrekt zu verhalten hat und Sie uns in klaren Sätzen sagen können, was Sie wollen, stehen wir Ihnen gern zur Verfügung. Jetzt gehen wir unserer Arbeit nach, weil, wissen Sie, da läuft ein Mörder frei herum und den fassen wir nicht, wenn wir uns hier mit Ihnen abgeben." Frau Schreck stand immer noch mit offenem Mund da, als Sascha und Klaus den Raum schon verlassen hatten. Da Ingo noch immer Saschas Porsche hatte, fuhr Klaus den Leihwagen, mit dem er gekommen war. Ein Hausmeister war da und er war nicht erfreut, an einem freien Tag gestört zu werden. Sascha hatte nicht übel Lust, den Mann, der in Jogginghose, weißem Feinrippunterhemd und Bierflasche in der Hand vor ihnen stand, eine reinzuschlagen. „Haben Sie einen Durchsuchungsbefehl?" fragte der Hausmeister unwirsch. Sascha platzte bei der Frage der Kragen. „Hey, du Sonderschüler, du kannst Durchsuchungsbefehl nicht mal schreiben." Klaus tippte seinem Freund auf die Schulter: „Geh mal kurz ans Auto, ich regle das hier." Sascha passte es gar nicht, weggeschickt zu werden, gehorchte aber. Nach einer viertel Stunde kam Klaus mit einem Aktenorder im Arm zurück. Sascha sah seinen Freund fragend an. „Was? Jeder ist käuflich und der war richtig billig. Ein Kasten Bier, meinst du, den kann ich mit den Spesen absetzen?" - „Meinen Segen hast du!" lachte Sascha. In der Akte waren die

Namen und Adressen der Schüler von vor 30 Jahren, aber nur bei einer Adresse hatten sie das Glück, dass die Person noch dort wohnte. Das Haus machte einen gepflegten Eindruck, gegenüber dem Wohnhaus war eine Werkstatt und auf dem Hof standen geschmiedete Tore und Zäune, Sascha besah sich die Arbeiten näher und kam zu dem Schluss, dass der Schmied wohl sein Handwerk verstand. In diesen Moment kam ein schwergewichtiger, fast zwei Meter großer Mann aus der Werkstadt, seinen üppigen Bauch bedeckte eine schwere Lederschürze: „Tut mir Leid, wir haben geschlossen. Aber morgen ab 9:00 stehe ich Ihnen gerne zur Verfügung." Sascha sah auf die Liste: „Sind Sie Dietmar Breitner?" - „Ja, der bin ich." Sascha zog seinen Dienstausweis und als er zur Seite schielte, sah er beruhigt, dass es sein Freund auch tat: „Mein Name ist Weber, das ist mein Kollege Steeger. Dürften wir einen Moment mit Ihnen reden." - „Gerne, ich zieh nur schnell die Lederschürze aus, meine Frau bringt mich um, wenn ich mit dem dreckigen Ding ins Haus komme." Dietmar kam nach wenigen Momenten aus der Werkstatt und reichte ihnen die Hand. Sascha kam nicht umhin, den beeinduckenden Bizeps zu bewundern. Dann führte er sie ins Haus. Eine im Vergleich zum Hausherrn winzig wirkende Frau mit hellbraunem, dauergewellten Haar und einer rahmenlosen Brille kam ihnen aus der Küche entgegen und begrüßte sie herzlich: „Schatz, die Herren sind von der Polizei" Dann wandte er sich den beiden Beamten zu: „Möchten Sie einen Kaffee oder lieber etwas Kühles, Cola, Apfelsaft, Bier?" - „Danke, Kaffee ist gut." Sie setzten sich in ein geräumig wirkendes Wohnzimmer, schlicht rustikal gehalten, aber wenn man genauer hinsah, stellte der Betrachter fest, dass es an nichts fehlte. Alle Geräte waren neu und technisch auf dem aktuellsten Stand, schlecht schien es den Breitners nicht zu gehen. „Wir kommen wegen des Mordes an Holger Keller, kennen Sie ihn?" - „Ja, aber das ist dreißig Jahre her." - „Wie standen Sie zu dem Opfer?" In dem Moment kam Ines in den Raum mit vier dampfenden Tassen Kaffee und setzte sich dazu. Herr Breitner antwortete: „Er war mit mir und meiner Frau zusammen in einer Klasse, mit ihm hatte ich keine Probleme, eher mit seinem Freundeskreis." Sascha sah zu der zierlichen Person und erinnerte sich in der Klassenliste eine Ines gelesen zu haben: „Sie waren in der selben Klasse?" - „Ja, Dietmar und ich sind seit dem Sandkasten überall zusammen hin, erst Kindergarten, dann Grundschule, dann Gymnasium und nach dem Tod von Dietmars Vater haben wir die Schmiede übernommen." Sascha dachte insgeheim, kein Wunder, dass seine Frau so klein und zierlich ist, wenn er ihr seit 50 Jahren das Essen wegisst. Grinste und fragte dann: „Was für Erfahrungen haben Sie mit Holger und seinen Freunden gemacht?" - „Mich beachteten sie nicht!" - „Uns sind Geschichten von sexuellen Übergriffen gegen Mitschülerinnen zu Ohren gekommen?" bohrte Sascha nach. „Sagte ich eben, mich beachteten sie nicht. Ich war damals schon einen Kopf kleiner als alle und war flach wie ein Brett. Dazu hatte ich diese fürchterliche Brille." Dietmar lachte und warf ein: „Ich fand sie süß." Ines lächelte ihm liebevoll zu und fuhr dann fort: „Ich existierte für die gar nicht und das war gut so." - „Zu der Vergewaltigung von Laura, was haben Sie davon mitbekommen?" fragte Sascha in den Raum. „Wir sind nie auf Partys gewesen! Marco soll damit angegeben haben, ich hab nie was gehört von ihm." Ines nickte zustimmend: „Thomas' Stiefvater war damals der Polizist im Ort. Thomas war der Freund von Laura, trotzdem konnte er seinen Stiefvater nicht dazu bringen, etwas gegen diese Bande zu unternehmen. Thomas ist zur Polizeiwache nach Landau gefahren, um dort Anzeige wegen der Vergewaltigung zu erstatten, die haben aber gesagt, warum sollen wir Ihnen glauben, wenn es schon nicht Ihr eigener Vater tut?" Sascha schluckte, ihm ging das gelesene Tagebuch durch den Kopf, er versuchte zu begreifen, wie einsam und verraten sich dieses Mädchen gefühlt haben musste. Doch Ines erzählte schon weiter: „Thomas war wie von Sinnen, er wollte sich rächen. Und dann hieß es, er hätte Alkohol und Drogen konsumiert und hätte einen Unfall gehabt. Thomas trank nie und Drogen? Hans, sein Vater, war der Arzt, der zum Unfallort kam und der hatte geschworen, dass Thomas' Tod durch einen massiven Schlag auf den Hinterkopf herbeigeführt worden war. Kurze Zeit später hat Laura Selbstmord begangen." - „Das kann doch nicht sein. Das kann man nicht vertuschen", warf Sascha ein. Ines sah ihn traurig an „Marcos Vater hatte an der Börse über 100 Millionen Dollar Gewinn gemacht, wissen Sie, wieviel D-Mark das waren? Der konnte alles kaufen!" Sascha schüttelte den Kopf: „Nach unseren Informationen hat Herr Heid erst 2 Jahre später sein Vermögen gemacht. Und das mit Grundstücksverkäufen in Ranschbach. Wissen Sie darüber etwas?" Sascha wusste, dass er hierzu nichts erfahren würde, als er in die ratlosen Gesichter des

Paares sah. Er fragte weiter: „Dieser Marco, welche Erinnerungen haben Sie an ihn?" Diesmal antwortete Dietmar: „Marco war ein Monster, er hat mich mal in die Queich geworfen, mitten im Winter. Und sehen Sie das?" Er zeigte auf eine Stirnnarbe: „Das war eine Eisenstange, er sagte, dass mein Mofa jetzt ihn gehöre. Ich kam nach Hause, mein Gesicht war Blut überströmt." - „Was ist dann passiert?" - „Mein Vater war Schmied, er hatte Kraft wie ein Ochse, an diesem Abend bezog der Mistkerl Prügel. Mein alter Herr ist zu ihnen nach Hause gegangen, damals wohnten seine Eltern noch am Bahnhof, Marco hat das Haus später, als seine Eltern reich und schon längst in einer Villa lebten, als, wie er meinte, „Liebeshöhle" benutzt, will heißen, er ist mit den Mädchen dort hin, die er nicht oder noch nicht seinen Eltern vorstellen wollte. Mein Vater hat die Tür eingetreten und ihm in seinem Kinderzimmer gegeben, was er verdient hat. Man kann es in seinem Gesicht sehen, dass es Gerechtigkeit gibt, schau dir seine Nase und seine Augenbraue an." Sascha grinste: „Sie sagen, der Stiefvater von Thomas war Polizist, wie alt war er?" - „Nicht viel älter als Thomas, glaub, es waren keine zehn Jahre", schätzte Dietmar. Sascha wurde weiß im Gesicht: „Dann ist der heute knapp über 60?" fragte Sascha mehr sich selbst und es war auch mehr eine Feststellung als eine Frage. „Ja, das sollte stimmen." bestätigte Dietmar dennoch. „Gut, dann hätten wir nur noch eine Frage. Tut mir Leid, die muss ich stellen, wo waren Sie in der Nacht vom 22. - 23. Dezember?" Dietmar antwortete zuerst:„In der Schmiede, ich hatte einen teuren Auftrag vom Bürgermeister, ein Geschenk an den Landesparteichef, das musste am 23. geliefert werden." „Und ich hab geschlafen" fügte Ines hinzu. Sascha und Klaus bedankten sich und gingen zum Wagen. Als sie losfuhren, meinte Klaus: „Motiv hätten sie ja, aber vorstellen, dass einer der beiden der Täter ist, kann ich mir nicht." - „Hast du seine Hände gesehen, der Schuss im Wald, das war ein Könner. Die Präzision traue ich ihm nicht zu. Und ich hatte auch nicht den Eindruck, als hätten sie was zu verbergen." Sascha rief Ingo an und erklärte ihm, dass der Polizist, den sie suchten, mindestens 10 Jahre jünger war als sie angenommen hatten. Auf dem Rückweg brachten sie dem Hausmeister noch den versprochenen Kasten Bier, den Klaus in einer Tankstelle gekauft hatte. Dann fuhren sie zurück ins Hotel. Frau Schreck hatte sich beruhigt und war nun bereit, mit ihnen zu reden. Auch die resolute alte Dame war felsenfest davon überzeugt, dass Herr Heid schon als vermögender Mann nach Ranschbach gekommen war. Auch verneinte sie vehement, dass ihr Gatte in irgendwelche Absprachen in Sachen Wunderheilung verwickelt gewesen war. Die Beziehung ihrer Tochter zu Marco hatte schon Jahre zuvor geendet. Als Frau Schreck gegangen war, bestellten sie sich jeder ein Weizen und fassten die Erkenntnisse des Tages zusammen. Letzten Endes mussten sie sich eingestehen, dass sie wohl erst endgültig alles verstehen würden, wenn sie Marco Heid finden würden, bevor das der Mörder tat. In dieser Nacht schliefen beide vor Erschöpfung so gut wie seit Jahren nicht mehr. Ingo hatte sich in den letzten Stunden keine Pause gegönnt, er hatte sich wieder und wieder durch Berge alter Akten gekämpft. Inzwischen kannte er sich im Archiv besser aus als in seiner eigenen Wohnung. Kurz vor Mitternacht kam ihm, völlig übermüdet von zwei durchgearbeiteten Nächten, die zündende Idee, die schon digitalisierten Akten nochmals einzusehen. Dann ging alles ganz schnell, die relevante Akte war eine der ersten, die mit den Suchbegriffen angezeigt wurde und Ingo hatte sie mindestens zweimal gelesen, ohne zu erkennen, dass diese die Richtige war. Doch dann setzte sein Herz einen Schlag aus, als er erkannte, wer der gesuchte Beamte war. Ingo vertippte sich vor Aufregung, beim dritten Versuch hatte er endlich Saschas Nummer richtig eingegeben. Aber die Mühe war vergebens, es meldete sich nur die Mailbox. Ingo überlegte, ob er sofort nach Leinsweiler fahren sollte, aber nachts war er so gut wie blind. Dann traf ihn die Müdigkeit wie ein Schlag, Sekunden später schlummerte er selig auf der Tastatur seines Laptops.

XV

In der Nacht war wieder Schnee gefallen, Sascha war froh, dass jetzt endlich ein normaler Werktag war und dem Elend auf den Straßen endlich ein Ende gesetzt wurde. Das Frühstück, so musste Sascha zugeben, wurde von Tag zu Tag besser, und so gab es an diesem Morgen zum ersten Mal frische Brötchen, Wurst und Käse. Ein Anruf im Krankenhaus ergab, dass Tanja noch nicht ansprechbar, aber Karl auf dem Weg der Besserung war und schon dem ganzen Krankenhauspersonal auf die Nerven ging. Klaus bestand darauf, dass sie zum Krankenhaus fuhren und Sascha sich bei Werner in aller Form entschuldigte. Auf der Fahrt nörgelte Sascha, erstens mochte er es nicht, gefahren zu werden, zweitens hätte Werner viel fester zugeschlagen und drittens, hätten sie Wichtigeres zu tun. Kurz vor Neustadt klingelte Saschas Handy, Klaus bekam zwar nichts mit, nur dass der Anruf von Ingo war, aber die Laune besserte sich schlagartig. „Mach dir nichts draus, Ingo, wir müssen alle mal schlafen. Hast mich ja jetzt angerufen, ist noch früh genug. Aber was viel wichtiger ist, wenn du den Schuh in der Hand hast, kannst du dann zweifelsfrei feststellen, ob der zum Abdruck passt?" hörte Klaus seinen Freund sagen und dann: „Super! Dann komm heute Abend nach Leinsweiler." Als das Gespräch beendet war, war Sascha in Hochstimmung. „Willst du mir nicht sagen, um was es bei dem Gespräch ging?" fragte Klaus. „Jetzt noch nicht. Aber wenn alles gut geht, haben wir heute Abend den Mörder", verkündete Sascha stolz. Die gute Laune, die Sascha ausstrahlte, war widerlich und hielt bis ins

Krankenhaus an, Sascha ging auf einen völlig verdatterten Werner zu, umarmte ihn herzlich und sagte im Überschwang: „Es tut mir Leid. Ich mach alles wieder gut. Ich lade dich zum Abendessen ein! Auf den Slevogthof, das wird ein besonderer Abend. Dort soll sogar ein Sternekoch die Speisen zubereiten, was sagst du?" - „Das brauchst du nicht, das ist viel zu teuer und man muss mit Anzug kommen", brachte Werner sichtlich gerührt hervor. „Sei es drum, ich hab mich wie ein Arsch aufgeführt. Heute Abend 19:00 Uhr auf dem Parkplatz. Als sie gingen, fragte Klaus, was ihm die ganze Zeit auf der Seele lag: „Was war das eben? Du hast doch nicht mal einen Anzug!" - Sascha griff in die Hosentasche und holte einen Schlüsselbund hervor. „Nachmachen und Werner wieder unbemerkt in die Jacke zurückgeben." - „Du hast ihn beklaut?" fragte Klaus ungläubig. „Meinst du, ich wollte ihn küssen, als ich ihn umarmt hab? Klar wollte ich den Schlüssel", erklärte Sascha. Und nach einem Blick in Klaus' verständnisloses Gesicht fügte er erklärend hinzu: „Er ist der Stiefvater von Thomas. Und dieser Nobelschuppen ist die einzige Chance, an seine Schuhsohlen zu kommen, er wird einen Anzug tragen müssen. Dazu passen diese Stiefel nicht. Während ich da oben im Restaurant einen auf Versöhnung mache, gehst du und Ingo in die Wohnung von Werner und vergleichst die Schuhsohlen. Wenn ich recht habe, nehme ich ihn fest, wenn nicht, wird er nie erfahren, was los war und ich habe halt die teuerste Restaurantrechnung aller Zeiten." Klaus lachte, musste aber zugeben, dass der Plan gerissen war. Den Schlüssel nachmachen zu lassen, war kein Problem und schon eine Stunde später war das

Original wieder in der Jackentasche des Besitzers. Der Besuch des Herrenausstatters hatte komödiantische Züge, Saschas Bauch wollte nicht zu der dazugehörigen Hose passen, überhaupt sah alles nicht so aus, wie Sascha sich das vorstellte und als die Rechnung kam, die vierstellig ausgefallen war, hatte er Tränen in den Augen. Ingo kam im Laufe des Nachmittags, er hatte ein halbes Labor dabei und Klaus erklärte ihm, dass sie nicht mit einem LKW bei Werners Wohnung vorfahren könnten. Ingo seinerseits bestand darauf, dass er seine Arbeitsutensilien brauche, um richtig arbeiten zu können. Sascha selbst überwachte das Verwanzen und Minikamera aufbauen im Slevogthof. Die Pächter des ehrwürdigen Hauses waren wenig begeistert und so musste erst ein richterlicher Beschluss her, damit die Arbeiten endlich beginnen konnten. Ein Anruf von Dietmar veranlasste Sascha und Klaus, noch einmal nach Anweiler zu fahren. Sascha war überglücklich, endlich wieder seinen Porsche zu haben, auch wenn durch die Einschusslöcher ein kalter Luftzug ins Wageninnere strömte. Darüber hinaus hatte er ein beklemmendes Gefühl in der Magengegend, weil er den Vorfall Karl noch nicht gemeldet hatte. Aber der Polizeipräsident reagierte beim Thema Dienstwagen äußerst empfindlich seit Sascha, fast schuldlos, einen nagelneuen BMW am ersten Einsatztag in eine Schranke gesetzt hatte. In Anbetracht der gesundheitlichen Situation seines Vorgesetzten war es geradezu seine Pflicht, ihm diese winzigen Löchlein zu verschweigen. Als sie an der Schmiede ankamen, wartete Dietmar schon am Eingang, er hatte sich mit seiner Frau alte Fotoalben durchgesehen und Thomas Vater darauf gefunden.

Die Bilder waren von einem Schulfest, hatte es noch einen Zweifel gegeben, dass Werner der Polizist war, den sie suchten, so war der jetzt hinfällig. Als Sascha und Klaus gehen wollten, sagte Dietmar in ernstem Ton: „Ich habe mit einigen Mitschülern gesprochen, Marco war immer ein Angeber und er hat nie die Klappe halten können, falls Sie Zeugen für einen Mordprozess brauchen wegen dem, was sie Thomas angetan haben." Der Schmied nahm einen Zettel vom Tisch, auf dem alle Namen mit neuen Adressen standen, die sie auch auf der Klassenliste sahen: „Jeder von uns ist bereit, gegen ihn auszusagen". Auf der Rückfahrt rief ein völlig aufgelöster Otto Hermann an, das einzige, was Sascha verstand, war Explosion in der Villa von Marco Heid. Mit Vollgas peitschte Sascha seinen Porsche über die tief verschneiten winterlichen Straßen nach Ranschbach. Auf dem weitläufigen Vorplatz herrschte Chaos, ein blaues Lichtermeer. Sascha zählte drei Feuerwehrfahrzeuge, zwei Krankenwagen und fast ein Dutzend Streifenwagen. Sascha besah den Schaden, es war nicht viel passiert. Offensichtlich war eine Bombe vor der Eingangstür gezündet worden. Es waren zwei Fenster zu Bruch gegangen, die Tür war zerstört und etwas Mörtel abgeplatzt, was diesen Aufmarsch an Rettungsfahrzeugen nicht im Ansatz rechtfertigte. Das Schlimmste war, dass der fürchterliche Brunnen den Anschlag unbeschadet überstanden hatte. Sascha rannte zu Otto, der benommen an einem Krankenwagen lehnte: „Ist jemand verletzt?" - „Nein, aber Melanie hat einen Schock", erklärte er mit heiserer Stimme. „Melanie hat einen Schock? Deswegen stehst du hier noch rum? Wie ist der Täter hier hereingekommen, das Haus wurde doch rund um die Uhr bewacht?" fragte Sascha. „Hier ist niemand reingekommen, das ist es ja, wir können uns das auch nicht erklären", antwortete Otto wahrheitsgemäß. Sascha drehte sich um und rief im Krankenhaus an, er wollte sich mit Werner verbinden lassen, nach kurzem Warten wurde Sascha mitgeteilt, dass Werner sich hatte ablösen lassen. Sascha drehte sich wieder zu Otto: „War Werner hier?" - „Ja, vor einer Stunde, wieso?" antwortete Otto. „Hatte er eine Tasche dabei, vielleicht einen kleinen Koffer? Wenn ja, hat er den wieder mitgenommen? Was wollte er überhaupt hier?" fragte Sascha. „Ähm ja, weiß es nicht. Hab auf ihn nicht geachtet. Er ist ja Polizist." - „Und außerdem konntest du deine Augen nicht von Melanie lassen und hattest für nichts anderes einen Sinn, schon klar. Weißt du was, Otto? Du bist eine Schande für unseren Berufsstand!" Sascha drehte sich um und ging zurück zum Wagen. Als er die Tür zugeknallt hatte, schnaubte er: „Ist schon eine Scheiße, dass Polizisten Beamte sind und damit unkündbar, der Penner hätte das Arbeitsamt verdient." Auf der nur wenige Minuten andauernden Fahrt nach Leinsweiler versuchte Klaus seinen Freund zu beruhigen. In einer Kurve kurz vor dem Ortseingang von Leinsweiler verlor Sascha die Kontrolle über seinen Porsche, versuchte gegenzulenken und schlug in der Leitplanke ein. Sascha stieg aus und besah sich den Schaden, der Porsche war auf der gesamten Beifahrerseite beschädigt. Klaus war auch ausgestiegen und sah nun ebenfalls auf das Malheur: „Das wird Karl überhaupt nicht gefallen", bemerkte Klaus nicht ohne Schadenfreude. „Ist ja eigentlich nicht so schlimm. Der Wagen hatte ohnehin die

Einschusslöcher, die Tür hätte sowieso ausgetauscht werden müssen." versuchte Sascha den Vorfall herunterzuspielen. „Ja, da hast du wohl recht." Klaus kratzte sich, während er sprach, am Kinn und schlenderte, seinen Blick fest auf das Fahrzeug gerichtet, um den Wagen, als wolle er sich von etwas selbst überzeugen, lachend fuhr er fort: „Nur, die Einschusslöcher sind auf der Fahrerseite." Sascha fiel schlagartig alle Farbe aus dem Gesicht: „Du verrätst mich doch nicht?" fragte Sascha kleinlaut. „Um dir die Chance zu nehmen, das Karl selbst zu erklären? Niemals!" erklärte Klaus, dem jetzt vor Lachen die Tränen in den Augen standen. Das Hinterrad schleifte im Radkasten, das Vorderrad war platt und die Stoßstange lag im Kofferraum. Sascha war froh, dass er den übel zugerichteten Dienstwagen überhaupt noch zurück zu ihrem Hotel brachte. Ingo meldete, dass im Restaurant alles fertig sei, der Aufnahmewagen im Wald dahinter versteckt und alles auf seinen Posten sei. Die Show könne beginnen, verkündete er voller Tatendrang. Sascha machte sich fertig, duschen, rasieren und dann zog er seinen neuen Anzug an. Ingo und Klaus lagen am Boden, als sie ihren Freund so herausgeputzt kurz vor 18:00 Uhr in den Speisesaal stolzieren sahen. Klaus ging zu seinem Freund, rückte ihm die Krawatte gerade: „Ich rufe dich sofort an, wenn wir in Werners Wohnung irgendetwas Belastendes gefunden haben." Dann drückte er Sascha die Schlüssel für den Audi Leihwagen in die Hand: „Wehe, der hat einen Kratzer." Ingo, der hinzugekommen war, lästerte: „Mit Kratzern gibt sich Sascha nicht zufrieden, sei froh, wenn der Wagen noch vier Räder hat." Sascha grinste halbherzig: „Wer den

Schaden hat. Lasst euch nicht erwischen, wenn Werner den Braten riecht, ist alles aus." Dann fuhr er die paar hundert Meter zum Luxusrestaurant.

Sascha fühlte sich unwohl, in der Gesellschaft, in der er sich nun gezwungenerweise bewegen musste, glaubte er von jedem beobachtet zu werden. Er ließ sich von einem Kellner an seinen Tisch geleiten. Es waren noch nicht viele Gäste im Restaurant, Sascha ließ seinen Blick durch den stilvoll rustikal eingerichteten Raum gleiten. Der Pinguin stand wieder vor ihm, Sascha zuckte zusammen als er: „Möchte der Herr schon etwas trinken, während er wartet?" sprach und dann viel leiser: „Herr Weber, Ihre Kollegen haben angerufen, die Zielperson wäre in seiner Wohnung in Leinsweiler angekommen." Sascha nickte, dann bestellte er ein Pils. Sascha besah sich die Karte, wunderte sich, dass keine Preise zu finden waren, als er von einem knallenden Champagnerkorken hochgeschreckt wurde. Sascha kannte den Mann am Tischende nicht persönlich, aber er hatte ihn schon im Fernsehen gesehen. Dann fiel es ihm ein, Schwergewichtsweltmeisterschaft, er hatte nur nach Punkten gegen einen Amerikaner verloren, aber wie hieß der Typ nochmal, Sascha kam nicht drauf. Sein Blick wanderte weiter. Zwei Tische weiter saß ein alter Herr, vielleicht siebzig, schätzte Sascha. Er sah zum wiederholten Male auf seine schwere Uhr, sein Gast war wohl unpünktlich. Erneut schreckte ihn der Kellner aus seinen Gedanken, als er das Glas auf den Tisch stellte.

Unweit entfernt hatte Klaus andere Sorgen, seine Füße waren Eisklötze und die Zielperson machte keine Anstalten, endlich fertig zu werden. So lange sich der Verdächtige in seiner Wohnung aufhielt, musste er hier im Garten hinter der Eibe ausharren, und es gab Angenehmeres, als im Tiefschnee zu sitzen und einem alten Mann beim Anziehen zuzusehen. Klaus überlegte, ob er er es wagen könne, näher an die Glastür zu schleichen, aber auf der Terrasse stand nichts, das ihm hätte Deckung geben können. Aber die Zielperson war im beleuchteten Raum, würde er überhaupt etwas auf der unbeleuchteten Terrasse sehen. Mit Schwung glitt die Tür auf, Werner trat heraus und steckte sich eine Zigarette an. Gern hätte es ihm Klaus gleich getan, aber er musste ja unentdeckt bleiben und die Glut eines Glimmstengels ist kilometerweit sichtbar. Schlimmer als die Lust war jedoch der steigende Druck auf seiner Blase. Werner nahm zwei tiefe Lungenzüge, dann schnipste er die Kippe achtlos in den Garten. Im Sternerestaurant hatte Sascha andere Probleme. Von Anfang an fühle er sich auf dem Präsentierteller. Nachdem er jetzt sein Bier auf ex geleert und mit einem tiefen Rülpser bestätigte, dass es ihm gemundet hatte, sah ihn wirklich jeder im Raum an, wie die Statue eines Neandertalers. Sascha glaubte, die Stimmung aufhellen zu können, indem er: „Heh, Pinguin! Noch einen Gerstensaft!" rief und dabei wie ein Idiot mit dem Pilzglas wedelte. Der Kellner sah ihn nicht einmal an, dafür stand der Boxer, den Sascha aus dem Fernsehen kannte, auf und kam gemessenen Schrittes zu Sascha. Er sagte nichts, packte den Unruhestifter am Genick und drückte sein Gesicht auf die Tischplatte. Dann sprach er, aber seine Stimme war eher ein hasserfülltes Zischen. „Das ist die Silberhochzeit meiner

Schwiegereltern. Sollte das nicht der schönste Tag ihres Lebens werden, dann werde ich dich töten. Verstanden?" Sascha wollte aufspringen, seine Waffe ziehen und diesem arroganten Arsch eine Kugel zwischen die Augen jagen, nur der arrogante Arsch hatte eine Hand wie ein Schraubstock. Sascha konnte sich nicht bewegen und so sagte er kleinlaut: „Ja, verstanden. Tut mir leid." Sofort löste sich der Griff, er saß wieder aufrecht und der Peiniger strich sein Jackett glatt: „Dann ist es ja gut", erklärte der Riese jetzt mit freundlicher und warmer Stimme, dann wandte er sich an den Kellner, der an den Tisch geeilt war. „Nico, der Herr hätte gern noch ein Pils. Das geht auf mich." Und so unauffällig wie er gekommen war, ging der Boxprofi zurück zu seinen Gästen. In Sascha stieg derweil der Hass auf, wenn das hier fertig war, würde dieser Schläger eine saftige Anzeige am Hals haben.

Klaus hätte Werner am liebsten mit Waffengewalt gezwungen, sich fertig zu machen. Was brauchte der Kerl so ewig? Jetzt ging er zum dritten Mal in das Badezimmer, er hatte inzwischen das fünfte Hemd an, konnte sich der Greis denn nicht entscheiden? Klaus spürte schon seit mindestens 30 Minuten seine Füße und Beine nicht mehr, er würde wohl in den nächsten Tagen krank werden. Klaus sah zum gefühlten hundertsten Mal auf seine Armbanduhr, eine Automatikuhr, die ihm seine Freundin vor drei Tagen zu Weihnachten geschenkt hatte, beinahe hätte er dabei den entscheidenden Moment verpasst, in dem Werner seine Wohnung verließ. Klaus griff mit zitternden Händen in seine Jackentasche und nahm seine Kippen heraus, dann tat er das, worauf er seit über einer Stunde wartete, er zündete sich eine an.

Zufrieden spürte er, wie der wohltuende Qualm in seine Lunge strömte. Gleich ging es ihm viel besser. Kurz darauf kam Ingo zu ihm, zusammen gingen sie um das Haus und verschafften sich mit dem Zweitschlüssel Zutritt. Ingo machte sich sofort an Werners Schuhe, Klaus ging in Werners Arbeitszimmer, vielleicht hatte er Glück und ihr Verdächtiger hatte Beweise gegen sich rumliegen lassen. Klaus hatte gerade mit einer verbogenen Büroklammer den Schreibtisch geöffnet, als er hörte, wie die Haustür aufgeschlossen wurde. Klaus sah sich im Zimmer um, es gab kein Versteck. Er stellte sich an die Wand neben die Tür und hoffte, dass Werner nicht in dieses Zimmer kam und wichtiger, dass Ingo ein besseres Versteck finden würde. Ingo hatte genau wie sein Kollege die Tür gehört, er suchte sein Heil im Badezimmer, er sprang in die Dusche und hoffte, dass der Duschvorhang seinen massigen Körper völlig verdecken würde. Ingo stockte der Atem, als er hörte, wie die Tür zum Bad aufging, dann hörte er Stoff rascheln und wie sich Werner stöhnend auf die Klobrille fallen ließ. Was in den folgenden Minuten an Gerüchen und Geräuschen auf Ingo einstürmte, würde er sein restliches Leben nicht mehr vergessen. Es hätte kaum schlimmer kommen können, aber obwohl er nur einen Meter von Werner entfernt in seinem Versteck kauerte, blieb er unentdeckt. Mit einem lauten Knall der Haustür war die Gefahr aufzufliegen erst einmal gebannt.

Saschas war sehr verärgert, über eine Stunde sitzen gelassen zu werden war nicht gerade die feine Englische Art. Jetzt trat Werner zu allem Elend bekleidet mit einem weinrotem Sakko, einem hellblauen Hemd und dunkelbraunen Kordhosen in den

Gastraum, Sascha hätte am liebsten laut „Scheiße!" gebrüllt. Sascha konnte durch gezieltes Atmen den Lachanfall vermeiden. Dann hörte er über sein Headset einen Techniker sagen: „Der bekommt normal seine Klamotten auch von Mutti aus dem Schrank gelegt." Sascha schossen die Tränen in die Augen, in einem letzten panischen Versuch, einen Lachanfall abzuwenden, griff er sein Pilsglas und stürzte es in einem Zug herunter, doch es war zu spät und Sascha spuckte den Inhalt über den Boden, zu seinem Glück verschluckte er sich dabei und so gewann der Reflex zum Husten gegen das Lachen. „Nicht so gierig, mein Freund." begrüßte ihn Werner, der von alldem nichts mitbekommen hatte. „Hab mich etwas verspätet, du weißt ja, der Job." Sascha wusste zwar, dass dies gelogen war, antwortete aber: „Ja, der Dienst. Schön, dass du es noch geschafft hast." Die beiden Beamten bestellten. Als Saschas Handy vibrierte, entschuldigte er sich kurz und ging dann vor die Tür, um zurückzurufen. „Klaus Steeger", meldete sich sein Freund. „Ich bin es. Und sag, was habt ihr herausgefunden?" - „Bei Werner stimmt etwas absolut nicht mit der Verdauung. Und Ingo ist sich zu 99 % sicher, dass die Abdrücke vom Tatort zu denen von Werner passen. Er ist unser Mann." Sascha bedankte sich, dann ging er zurück an den Tisch, er hatte einen Mörder zu überführen. Werner nahm gerade einen tiefen Schluck aus seinem Pilsglas, als Sascha wieder zurück an ihren Tisch kam. Sascha versuchte erst einmal, völlig unverbindlich das Gespräch in die von ihm gewünschte Richtung zu lenken. „Wie kommt es eigentlich, dass du nie verheiratet warst?" - „Wie kommst du darauf, dass ich es nicht war?" entgegnete Werner die Frage. „Du hast es mir bei unserem ersten Treffen gesagt. Du solltest mich unterstützen, weil du keine Familie hast. Ich hab auch keinen Ring an deiner Hand gesehen." Werner lachte tonlos: „Trotzdem war ich mal verheiratet, nicht lange, meine Frau starb an Krebs, das ist jetzt über dreißig Jahre her." - „Hattet ihr Kinder" - „Nein, aber meine Frau brachte ein Kind mit in die Ehe. Du musst wissen, sie war fast zehn Jahre älter als ich." Sascha verstand jetzt zumindest, warum Werner, der eigentlich zu jung war, trotzdem die gesuchte Person sein konnte: „Was macht dein Sohn heute. Wieso hast du Weihnachten nicht mit ihm verbracht?" Sascha hätte sich im selben Moment ohrfeigen können, er hoffte, das Werner dieser Fauxpas nicht aufgefallen war. Ein kurzer Blick verriet ihm, dass er kein Glück gehabt hatte. „Sohn? Wer hat gesagt, dass ich einen Sohn habe?" fragte Werner misstrauisch nach. „Hattest du nicht gesagt, dass du einen Sohn hast?" versuchte Sascha die Situation zu retten. „Ich habe bestimmt nie gesagt, dass ich noch immer einen habe. Was soll das? Warum schnüffelst du hinter mir her?" Sascha überlegte, aber eigentlich konnte er es riskieren, schon die Indizien waren erdrückend: „Werner, ich will nicht lange um den heißen Brei reden, ich hab das Tagebuch von Thomas' Freundin gelesen! Ich weiß, was sie ihr und deinem Stiefsohn angetan haben. Zwei Kollegen sind gerade jetzt in deiner Wohnung, sie konnten deine Schuhe sicherstellen. Die Profile deiner Sohlen passen zu denen vom Mörder, die wir am Tatort gefunden haben." Sascha sah sein Gegenüber an, das selbstgefällige Grinsen war aus seinem Gesicht verschwunden.

„Werner, es ist aus. Ich kann dich ja verstehen, aber du als Polizist solltest wissen, dass..." Sascha brach mitten im Satz ab, als er in den Lauf von Werners Dienstpistole sah. „Du weißt nicht, wie es ist, einen Fehler nie wieder gut machen zu können", sagte Werner, der mit den Tränen kämpfte: „Zu wissen, dass du deinen Sohn im Stich gelassen hast, als er dich am meisten brauchte." Werner ließ die Pistole sinken, alle Kraft schien den alten Mann verlassen zu haben.

XVI

In den darauffolgenden Tagen entspannte sich die Personalsituation, Werner gestand alle vier ihm zur Last gelegten Morde. An Silvester trafen sich alle bei Heinz Mahler im Partykeller. Heinz hatte sich vollständig von dem feigen Angriff erholt. Der Abend verlief ausgelassen, bis das Gespräch auf Werner kam. Sascha erzählte, wie Werner seine Krankheit vorschob, um nicht mit Tanja zusammenzutreffen und wie er Abends unerreichbar war, um sein Attentat auf sie zu verrichten.. „Aber an dem Tag kam ich ins Krankenhaus?" fragte Heinz stutzig. „Ja?" fragte Sascha, der dieser Zwischenfrage nicht genug Relevanz zugestand, dass er in seinen Ausführungen durch eine solche Nebensächlichkeit gestört wurde. „Ja, aber da war Werner die ganze Nacht bei mir im Krankenhaus", erklärte Heinz. Die im Raum sitzenden Beamten, Sascha, Klaus und Ingo sahen sich ratlos an, sie brauchten einen Moment, um diese Information zu verarbeiten. Sascha und Klaus reagierten als erstes, sie ließen alles stehen und liegen und rannten zum Porsche, im Rennen rief Klaus zu Ingo: „Ruf Karl im Krankenhaus an, er soll Tanja beschützen, es ist noch nicht vorbei! Sag ihm, wir sind auf dem Weg", während Sascha den Porsche in halsbrecherischer Geschwindigkeit über vereiste Straßen in Richtung Neustadt steuerte. Im Klinikum Neustadt nahm ein wild entschlossener Polizeichef seine Dienstwaffe aus dem Nachttischschrank und zog sich kurz was über seinen Schlafanzug. Dann eilte er los, um Tanja Bayer zu beschützen. Als er an der Zimmertür zu Tanjas

Krankenzimmer ankam, hörte er im Krankenzimmer die Balkontür schlagen, Karl zögerte keine Sekunde, er stürmte mit gezogener Waffe ins Krankenzimmer, wo Marco gerade über sein Opfer gebeugt stand, um mit seinem Messer zuzustoßen. "Messer runter!", befahl Karl. Marco, der nicht damit gerechnet hatte, dass er gestört wurde, schreckte hoch und sah verwirrt, aber mit sichtbarem Hass in den Augen zum Polizeichef, der mit den Lauf seiner Dienstwaffe direkt zwischen seine Augen zielte. "Na los, wird's bald! Waffe fallen lassen und weg vom Bett. Keine falsche Bewegung, sonst war's das für dich", wiederholte Karl seinen Befehl und stellte erleichtert fest, dass sich der Angreifer langsam von seinem Opfer wegbewegte. Karl wurde mit jedem Meter, den Marco zurückwich, ruhiger, zu spät erkannte er, was der Angreifer im Schilde führte, als er anscheinend grundlos beim Zurückgehen stolperte. Marco nutzte den Moment der Verwirrung, zielsicher, wie er es schon hunderte Male zuvor gemacht hatte, warf er sein Messer und traf. Die Leuchtstoffröhre an der Decke explodierte mit einem lauten Knall, Scherben flogen durchs Zimmer und der Raum tauchte ein in völlige Dunkelheit. Karl ging instinktiv in Deckung, er erwartete jede Sekunde einen Angriff, angespannt hielt er die Luft an, weil er Angst hatte, dass jedes Geräusch seine Position verraten würde. Noch hatten sich seine Augen nicht an die Dunkelheit gewöhnt. Krampfhaft zielte er in die Richtung, in der Marco zuletzt gestanden hatte, aber da war nichts, kein Geräusch, keine Bewegung. So leise Karl konnte, atmete er ein. Dann setzte sein Herz einen Schlag aus, ein lautes Geräusch neben sich und Licht. Wie konnte Marco nur unbemerkt dahin kommen? Karl wirbelte herum, er konnte nur hoffen, noch schnell genug zu sein. Der panische Schrei der Krankenschwester, die in der Tür stand und auf die er jetzt zielte, machte Karl klar, dass er seinen zweiten schlimmen Fehler gemacht hatte. Er sprang zur Seite, um kein stehendes Ziel abzugeben und drehte sich dabei wieder in die Richtung, in der er Marco vermutete und stellte erleichtert fest, dass dieser seine Unaufmerksamkeit nur zur Flucht genutzt hatte. Karl konnte gerade noch sehen, wie der Angreifer über das Balkongeländer sprang. Karl rannte zum Balkon und musste sehen, wie sich der flüchtende Angreifer aus dem Schnee aufrappelte und offensichtlich verletzt seine Flucht fortsetzte. Karl, der keine Möglichkeit sah, selbst die Verfolgung aufzunehmen, zog sein Handy und rief Sascha an. Sascha hatte gerade seinen Porsche in die Krankenhauszufahrt gelenkt, als ihn der Anruf seines Chefs erreichte.

Geistesgegenwärtig riss er das Lenkrad herum und fuhr auf der schneebedeckten Wiese um das Hauptgebäude der Klinik. Als er an der rückwärtigen Seite war, sah er auf einem Balkon im zweiten Stockwerk seinen Vorgesetzten aufgeregt winken. Sascha sah die Spuren im Schnee und musste im selben Moment erkennen, als er den dichten Baumbewuchs sah, dass eine Verfolgung mit dem Wagen unmöglich war. Mit etwas Mühe brachte er seinen Wagen auf dem rutschigen Untergrund zum Stehen. Mit gezogenen Dienstwaffen machten er und Klaus sich auf die Verfolgung des Flüchtenden. Sascha merkte nicht einmal, dass er seinen wesentlich älteren Kollegen abgehängt hatte. Als er aus dem Park auf eine Straße kam, konnte er Marco ein paar hundert Meter vor sich in Richtung Wald rennen sehen. Sascha rannte ihm nach und da der Flüchtende verletzt war, konnte Sascha die Distanz verringern. Otto Hermann raste nach Neustadt, sein Freund Heinz Mahler hatte ihn angerufen und erzählt, was dort vorging. Otto wusste, dass er in den letzten Tagen alles falsch gemacht hatte, was falsch zu machen war. Ihm war egal, was Karl Bergmann mit ihm tun würde, wenn er erst wieder aus dem Krankenhaus war, unehrenhaft entlassen, degradieren. Wovor er Angst hatte, war, vor seiner großen Liebe als Versager dazustehen. Jetzt hatte er die Chance zu beweisen, dass er ihrer Liebe wert war. Er war schon am Krankenhaus, als er Klaus vornübergebeugt am Straßenrand sich übergeben sah. Er hielt neben ihm. "Da lang.", stammelte Klaus völlig atemlos und zeigte in Richtung Waldrand. Ingo gab Gas und sah gerade noch, wie Sascha an einer Schranke vorbei in den Wald rannte. Sascha konnte nicht mehr, seine Lunge schrie nach Sauerstoff, sein Puls hämmerte in seinen Ohren, jeder Muskel brannte. Das Einzige, was ihn antrieb, war die nur noch schemenhafte Silhouette von Marco vor sich und die Tatsache, dass er dem Übeltäter immer näher kam._Sascha war nur noch wenige Meter hinter dem Flüchtenden, Schweiß lief in seine Augen und brannte. Er war jetzt fast blind, zu spät erkannte er, dass sich Marco umgedreht hatte. Ungebremst rannte Sascha in die Faust des Flüchtenden. Sascha riss es von den Beinen, schmerzhaft landete er auf dem Rücken, so dass ihm der Aufprall die Luft nahm. Dann traf ihn ein Tritt in die Seite, Sascha schrie vor Schmerz auf, krümmte sich zusammen und versuchte, seine Arme schützend vor seinen

Kopf zu bekommen. Der nächste Tritt in den Magen nahm ihm die wenige Luft, die er nach den Anstrengungen noch hatte. Sascha legte die Hände dahin, wo der Schmerz am schlimmsten war, jetzt war sein Kopf ungeschützt, der nächste Tritt landete in seinem Gesicht. Mit fiesem Krachen brach seine Nase, Blut spritzte. Sascha war zu benommen, um davon noch irgendetwas bewusst mitzubekommen. Marco ließ von ihm ab, er nahm Saschas Waffe auf, die ihm beim Sturz aus der Hand geflogen war und legte auf sein hilflos am Boden liegendes Opfer an. "Waffe runter, du Psychopath!", brüllte Otto und eine Kugel schoss so nah an Marcos Kopf vorbei, dass er den Windzug spürte. Marco tat, was ihm geheißen wurde, er warf die Schusswaffe an den Wegrand. "Dreh dich langsam um, ich will dabei deine Hände sehen! Eine falsche Bewegung und ich schwöre, du bist tot!" Langsam drehte sich Marco um und hätte am liebsten laut losgelacht, als er erkannte, wer ihn da versuchte aufzuhalten, Otto der Versager, der die ganze Zeit hinter seiner Frau her war. „Du fühlst dich wohl unheimlich toll mit deiner Knarre", verhöhnte Marco sein Gegenüber. Marco erkannte, dass Otto ihm schon viel zu nah gekommen war. Im diesem Moment schlug er Ottos Arm nach oben. Der Schuss, den Otto abfeuerte, flog in den Nachthimmel, dann schlug Marcos Rechte krachend in Ottos Gesicht ein. Er ging zu Boden, Marco nahm ihn am Hinterkopf und schlug mit unfassbarer Brutalität den Kopf seines Opfers auf den Boden. Blut färbte den Schnee rot. Karl Bergmann sah seinen Freund blutüberströmt an Boden liegen, er sah, wie dieses Monster Ottos Schädel zertrümmern würde, er zögerte keine

Sekunde. Der erste Schuss riss fast den halben Schädel von Marco weg. Er war sofort tot. Karl kniete neben Sascha und stellte erleichtert fest, dass er noch Puls hatte. Durch die Bäume sah der Polizeichef schon die Blaulichter der Rettungsfahrzeuge auf sich zukommen. Sascha öffnete kurz die Augen und brabbelte kaum hörbar: "Karl, ich muss dir noch was beichten." - "Was ist denn?" - "Ich hab den Porsche...", weiter kam Sascha nicht, seine Augen schlossen sich wieder. Der Polizeichef war sich nicht sicher, ob sein Freund noch hörte, als er sagte: "Das weiß ich doch schon, mach dir deswegen keinen Kopf." Karl sah über das Schlachtfeld, das würde jede Menge Schreibarbeit geben. Der Polizeichef sah zufrieden zu, wie erst Sascha und dann Otto in den Krankenwagen verfrachtet wurden. Er gab noch ein paar Anweisungen, erklärte, dass er morgen seinen Bericht abgeben würde, dann lief er langsam zurück, bevor sie ihn auch noch in einen Rettungswagen einladen konnten. In dieser Nacht schlief er so gut wie seit Jahren nicht mehr.

Epilog

Karl Bergmann erholte sich schnell und schon eine Woche nach den Ereignissen saß er wieder in seinem Büro in Polizeipräsidium Mainz. Gegen Tanja Bayer wurden Ermittlungen aufgenommen. Es war aber schnell klar, dass alle Vorwürfe verjährt waren. Werners Prozess gelangte nie in den Blickpunkt der Öffentlichkeit. Ihm konnte letztlich nur der Mord an Maria Keller nachgewiesen werden. Eine Krähe hackt der anderen kein Auge aus, und ein verdienter Polizist, der solch tragische Ereignisse verkraften musste und völlig überarbeitet war, wurde schon am 3. Prozesstag als nicht tat- und schuldfähig eingestuft und in die psychiatrische Landesklinik nach Klingenmünster überführt. Es war anzunehmen, dass er nicht all zu lang dort bleiben würde. Werner wurde von zwei Pflegern in einen fast leeren Raum gebracht und am Stuhl fixiert. Außer dem Stuhl, auf dem er saß, war nichts in dem Raum, die Wände, Fußböden und Decke waren in schlichtem Weiß gehalten. Es gab keine Fenster, keine Bilder, nichts, was man betrachten konnte. Werner verlor jedes Gefühl für Zeit, er wusste nicht, wie lang er da gesessen hatte, als hinter ihm jemand den Raum betrat. „Was soll das? Das dürfen Sie nicht! Ich werde mich über Sie beschweren!" sagte Werner forsch. Er bekam keine Antwort, dafür spürte er einen höllischen Schmerz, als ein Holzlineal auf seiner Backe einschlug. Er riss an seinen Fesseln, versuchte sich umzudrehen, um zu sehen, wer da hinter ihm war. Aber er hatte keine Chance. „Du willst also Maria Keller nicht bewusst ermordet haben?" hörte er eine harte Frauenstimme.

Dann trat eine ältere Frau in sein Sichtfeld. „Ich bin Ihre behandelnde Ärztin hier, Sie können sich gerne beschweren, sagen Sie es der Wand, der Decke oder Ihrer Zwangsjacke, in der Sie gleich wieder stecken. Ich bin hier Gott." - „Sie verstehen nicht, ich bin nicht verrückt. Ich bleibe hier 1 - 2 Jahre, bis sich die Wogen geglättet haben." - „Nein, du verstehst nicht!" Werner fröstelte, als er den Wahnsinn in den Augen der alten Ärztin wahrnahm, und sah, wie sie aus ihrem Kittel eine Spritze hervorholte und langsam auf ihn zuging: „Ich bin Cornelia Keller, ihre behandelnde Psychologin und du Dreckschwein wirst dir bald wünschen, in der Hölle zu sein." Sie rammte Werner unsanft die Spritze in den Arm: „Das wird dir zeigen, was wahre Angst ist", verkündete Cornelia, als sie die Flüssigkeit injizierte und kaum hörbar hinzufügte: „Keiner nimmt einer Mutter ungestraft das Kind!"

Im Frühling erwachte die schöne Landschaft zu neuem Leben. Der Schnee war lange geschmolzen und keiner erinnerte sich gern an die schrecklichen Ereignisse, die sich an Weihnachten hier zugetragen hatten. Jetzt, als die ersten Blätter anfingen zu sprießen, ging eine hübsche Frau über den Anweiler Friedhof. Sie betete an vier Gräbern von jungen Menschen, die alle 1982 den Tod gefunden hatten. Am vierten Grab blieb sie länger stehen, sah nach rechts und links, dann kniete sie nieder und grub mit ihren Händen ein kleines Loch in den losen Torf, gerade groß genug, um 2 Bücher darin zu vergraben. „Die Kunst der skrupellosen Manipulation" und „Die Macht der Suggestion". Fast schon liebevoll strich sie Erde über die Bücher, dann erhob sich die junge

Frau und sprach fast flüsternd: „Laura, ich habe alles in Ordnung gebracht." Ein Ruf schreckte die Trauernde auf. „Melanie? Ich hab dich gesucht, wir wollten uns doch vor einer viertel Stunde am Eingang treffen." Der Mann trat zu ihr, umarmte sie, dann küssten sie sich: „Ach Otto, wenn ich schon in Anweiler bin, muss ich mich wenigstens von meinen alten Freunden verabschieden." Arm in Arm verließen sie Laura Weilers Grab.